觉醒2

熊与狼的战争

[法] 让-巴蒂斯特·德帕纳菲厄　著
陈丽华　译

GUANGXI NORMAL UNIVERSITY PRESS
广西师范大学出版社
·桂林·

XIONG YU LANG DE ZHANZHENG

出版统筹：汤文辉　　　　　　　责任编辑：霍　芳
质量总监：李茂军　　　　　　　助理编辑：屈荔婷
选题策划：郭晓晨　张立飞　　　美术编辑：蒙海星
版权联络：郭晓晨　张立飞　　　　　　　　刘冬敏
责任技编：郭　鹏　　　　　　　营销编辑：宋婷婷

L'Éveil – Stade 2
Author : Jean-Baptiste De Panafieu
Illustrator: Léonard Dupond

著作权合同登记号桂图登字：20-2021-310 号

图书在版编目（CIP）数据

觉醒. 2，熊与狼的战争 /（法）让-巴蒂斯特·德帕纳菲厄著；陈丽华译. —桂林：广西师范大学出版社，2022.4
ISBN 978-7-5598-4604-4

Ⅰ. ①觉… Ⅱ. ①让… ②陈… Ⅲ. ①儿童小说—幻想小说—法国—现代 Ⅳ. ①I565.84

中国版本图书馆 CIP 数据核字（2022）第 007325 号

广西师范大学出版社出版发行
（广西桂林市五里店路 9 号　邮政编码：541004
网址：http://www.bbtpress.com）
出版人：黄轩庄
全国新华书店经销
北京盛通印刷股份有限公司印刷
（北京经济技术开发区经海三路 18 号　邮政编码：100176）
开本：880 mm × 1 240 mm　1/32
印张：6.5　　　　字数：112 千字
2022 年 4 月第 1 版　　2022 年 4 月第 1 次印刷
定价：33.00 元

如发现印装质量问题，影响阅读，请与出版社发行部门联系调换。

前情提要

生物学家劳拉·古皮研发的一种人造病毒从实验室泄漏，感染了周边的动物。病毒“唤醒”了哺乳动物和鸟类，即提高了它们的智力（由于该合成病毒携带的是人类的基因，所以它对人类自身没有影响）。

劳拉的弟弟加布里埃尔，及其朋友阿莉雅、克莱芒意识到，他们的宠物猫糖糖、小母狗小疙瘩，以及不请自来的灰鹦鹉蒙田都有所改变。为了和它们沟通，阿莉雅发明了一种可以让人理解动物语言的翻译器。

慢慢地，其他动物也相继觉醒，并拥有了全新的生活方式。觉醒的老鼠在地下建立起小型社会，乌鸦也在首领查理的带领下组建了军队。随后，猪、牛、马等牲畜，母鸡等家禽以及各种野生动物也纷纷觉醒。

跨国食品公司沃夫的董事长保罗·杰弗森担心疫情会毁了他的生意，想阻止其蔓延。他的女助理豹惠和手下加里·索朗、比尔·哈根贝克绑架了劳拉，把她带到了纽约，让她研制抗病毒药物。为了找回劳拉，加布里埃尔、阿莉雅、克莱芒、糖糖、小疙瘩还有蒙田搭乘货轮横穿大西洋，小疙瘩的好朋友夜帝也悄悄地跟上了他们。

目　　录

第一章　一　月

加利福尼亚法制新闻

简·古德奥尔女士在一场邻里诉讼纠纷中，请求法庭准许对方当事人的狗出庭作证。对方当事人以狗不能作证反对自己的家庭成员为由予以拒绝。法官不得不提醒双方当事人及辩护律师，动物不能被视为人类，甚至不能被视为法律主体，并强调“至少目前不能”。

母熊的觉醒

我醒了，好饿。每当我从冬眠中醒来，都会这样。每次我的肚子都饿得难受，像是在催促我快去找吃的。我又瘦又饿。这很正常。长时间的睡眠需要时不时的养分供给。我在重新入睡之前，必须吃点东西，就像上次那样……

*

我记得上次吃的是一只死去的狗。一只城里的狗，它死在了森林里。在那之前我从没吃过狗。我见过狗，但都是活的。它们很吵，还总有人跟着，我不懂这是为什么。

吃它的时候我什么也没想，只是将它吞下肚而已。

*

这么说也不太准确。其实我当时在想，它的肉很不错、很肥美，我可以吃得饱饱的，心满意足地继续睡觉了，等到下次醒来，可能冬天就要结束了。但我当时的思绪很模糊，不像现在的这么清晰。

之前，我没想那这只狗为什么会出现在这里。但现在，我为什么总是想着这件事？它来森林里干什么？狗在冬天很少见。森林不是它们的地盘。

*

还有更奇怪的事。那只狗的形象一直萦绕在我的脑海中，这比狗本身还要奇怪。只是一顿饭而已，我之前从没这么在意过。有什么事情发生了，改变了我，改变了我的思维。和之前相比，我在思考，特别是，我意识到我在“思考”。

*

世界也在改变。我上次醒来时，森林包裹着我，就像是我背部的皮毛，是我的一部分。我像感知自己的身体一样，感知着整片森林。大地、树木、青草，一切都和我融为一体，和我这只熊的庞大身躯合而为一。我感受着森林，倾听着森林，触摸着森林……我就是森林。

而今天醒来之后，我对森林的感觉变得不一样了，好像我不属于森林，我属于自己，是独立的存在。

*

改变的不是世界，是我。我现在变得不一样了。我不再是森林，我身处森林，我是我自己。我是……母熊格劳恩。

这次我没再去睡觉。现在依然是寒冬，但我的思维太活跃，无法停歇。

现在，我醒了，而且觉醒了。

*

我于三天前觉醒了。

母熊在跳舞。它张开双臂，时不时指向天空，两只脚轮番在地上有节奏地跺着，缓慢而有力。它晃动着身体，转着圈，黑色的皮毛在月光下闪闪发光。

它在跳舞，庆祝大家终于达成共识。无论是公熊还是母熊，大家终于统一了意见，而更值得庆祝的是，大家终于开始彼此倾听。与以往不同，现在它们决定联合起来，结成联盟。

格劳恩在跳舞，为的是纪念熊联盟的诞生。

一些扰乱心神的画面从它过往经历的迷雾中浮现出来。它模糊地忆起了自己的孩子，上一次分娩产下两个幼崽，那再之前呢？之前又有多少次呢？它不知道最早的孩子现状如何，但是上一次生下的孩子已经死了，它不记得死因了。

格劳恩在跳舞，因为它从此记起了自己的孩子。

它在跳舞，因为世界向它敞开了怀抱，而在此之前，世界从未如此开放。世界向熊联盟里所有的熊敞开怀抱，向它周围接二连三站起来与它共舞的熊敞开怀抱。上百只熊站了起来，一股热腾腾的蒸汽在森林冰冷的空气中升起。

它在跳舞，所有的熊都在跳舞，因为它们再也不会死于人类之手，再也不会因人类的汽车、陷阱、步枪而亡。熊不会再害怕人类，因为这片领域很快将成为人类的禁地。小熊将不再夭折，成年熊也能活得更久，看着小熊长大。

它们达成了一致。它们要出发去探索它们的世界，保护它们的世界。森林是它们的地盘，这里属于熊，不属于人类。

格劳恩停了一下，转过头，试图吸引同伴的目光。它把双臂伸展开，仿佛正小心翼翼地走在一条危险的小径上，仰天对月，接着，它才继续和大家一起跳起无声之舞。森林的地面都因之颤动。

阿莉雅、克莱芒和加布里埃尔刚刚通过了海关的边检。此时天色已晚，天上下起了冷冰冰的小雨，他们不得不躲进似乎是码头工人专用的候车亭里。他们身处港口的工业区，这里堆满了被起重机卸下、还没装上卡车的集装箱。

快被冻僵了的他们等着动物们前来会合。在离他们避雨处几米开外的地方，货轮激起的海浪拍打着支撑码头的大型木桩，阵阵涛声传入他们的耳朵。在驶入港口时，货轮从一座大桥下穿过，随即，货轮被拖船拖到码头。仓库和龙门起重机挡住了地平线。远方，在哈得孙河的另一边，夕阳将纽约上空的云层染成了橘色。

蒙田在港口上方绕了一小圈，率先与他们会合。糖糖来到了船的主甲板上。三个船员把缆索拉向地面，使船稳稳靠岸。糖糖要沿着缆索下来才能到达码头。缆索很粗，便于行动，可它一想到有可能会掉进港口浮着油污和垃圾的冷水里，就不太放心。阿莉雅提醒过它不要浪费时间，因为船员很快就会在缆索上装上“防鼠板”。过去，装设这种金属圆板是为了防止鼠类爬上船；现在，船员则会按相反的方向装设，以免已经觉醒的鼠类沿着缆索下船。尽管有所顾虑，糖糖还是轻而易举地走过绳索，纵身一跃，如释重负地踩上坚实的地面。

小疙瘩则不愿意像糖糖那样玩杂技。与其一不小心摔下去，弄得狼狈不堪，它更愿主动跳进水里，然后游上岸。它在甲板上和夜帝碰了头，两只狗互相为对方打气，一同去面对接下来并不怎么惬意的海水浴。它们在稍微靠近上游的地方爬上了岸，那里不是码头，但堆着很多混凝土砌块，所以它们可以毫不费力地爬上去。夜帝在朝北边跑走之前，又一次提醒它的伙伴要小心谨慎。小疙瘩深情地看着它跑远了，然后抖了抖身体，甩掉身上的水。接着，它抬起鼻子嗅了嗅，辨别出人类朋友们的气味。虽然觉醒之后，它的嗅觉不太灵敏了，不过朋友们刚刚经过，留下的气味还很新鲜，因此它很快就找到了他们。

在船员眼中，这次越洋航行一切正常。但对于三个年轻人来说，在船上度过的这八天着实难熬。

出发后第二天，低气压就给了他们当头一棒。海浪汹涌，狂风大作，雨仿佛在横着下。船在颠簸中前行，缓慢而大幅度地左右摇晃。阿莉雅走进了驾驶室，因为在登船的时候船长就建议他们去参观一下。她观察着船首如何在一轮又一轮的海浪中起起伏伏。海浪翻腾，船员们却对这样的状况不以为然，依然在平静地交流。

“你们好像不是很担心啊！”阿莉雅说。

“当然了，只是一阵风而已！九级风每年在这个时候出现，相当正常。”

最终，三人由于晕船躺在床上起不了身。天气有所好转后，他们走出船舱来到过道上。晴朗的天空似乎弥补了海风带来的寒意。傍晚时分，乌云密布，第二轮低气压来袭。这次，大副事先提醒了他们，因为形成十字交叉的波浪会让已经很颠簸的船身晃动得更加厉害，那也就意味着人会更加难受。那一晚确实很艰难。大西洋上汹涌的海浪持续了一整夜，直到第二天早上海面才稍微恢复平静，让他们得以小睡几个钟头。小疙瘩有点儿难受，试图通过想些别的事换换脑子，可是它做不到。糖糖和蒙田在夜里很热烈地闲聊了一阵。夜帝则着实因为天气状况苦不堪言。它躲在油罐下面的小角落里，虽然很好地避开了扑上甲板、积在集装箱之间的海浪，但始终被弥漫在货轮上方的大片水雾困扰着。

相比之下，这次越洋航行的后半程则较为平静。旅客们重新开始正常就餐，也有可能是因为大家终于习惯了货轮逐渐规律的晃动。小疙瘩饿极了，克莱芒不得不按照它点的菜，到船上的餐厅里多拿些吃的带回来。

实际上，它是在给夜帝带食物，因为藏身于油罐堆之间的夜帝已经受够了蜂蜜橄榄油这种被迫接受的特定食谱。夜帝向小疙瘩解释过自己跟来的原因：它想去森林，向已经觉醒的野生动物寻求帮助。它还不知道具体要如何做，但觉得和它们之前将狗组织起来相比，应该不会复杂太多。关于乌鸦查理的计划，夜帝只字未提。小疙瘩也没有把夜帝随行的事告诉朋友们。

加布里埃尔利用空闲时间为抵达纽约之后的行程做准备。阿莉雅陷入沉思，偶尔会怀疑自己跟朋友们一起来的决定是否合理。最终，她把这些纠结归咎于待在船上太闲了。

暴风雨过后，克莱芒在外面待了很长时间。他之前从未出过海，所以想借此机会好好观察一下海鸟。有一天上午，他一大早就起了床，看到一群虎鲸生生截断了船只向北前行的航线。虎鲸庞大的数量着实让他吃了一惊，于是，他试着数了起来。很快他就放弃了，因为有些虎鲸在水下待了很久才又浮出水面，很难数清。总数应该至少有他看到的三倍之多。

雄性虎鲸比较好辨认，因为它们高耸的背鳍如同一把把又大又锋利的黑色军刀，能将水面劈开。他不太了解虎鲸的习性，不知道在这个时间点，它们出现在大西洋的这片海域是否正常。他上网稍微查了查，确定眼前的不是同一个家族，甚至也不是同一个族群。规模如此庞大的虎鲸群从未被记载过。该称之为虎鲸群吗？还是虎鲸队？抑或是虎鲸军团？其数量之多让克莱芒备感困扰，他不禁自问，觉醒的因子是不是已经蔓延到了海洋。几经思考，他还是放弃了这个想法，他更愿意假设是气候变化对陆地及海洋的生态系统造成了干扰。

在动物学家看来，熊是独居动物，公熊只在初夏的交配期接近母熊。之后，母熊会把公熊赶走，但会对幼崽疼爱有加。小熊出生于冬季，正值母熊冬眠期间。母熊会负责照顾小熊，直到下一个冬天结束，然后把小熊赶出自己的领地。

觉醒改变了这一自古以来的习性。从上一个夏天开始，越来越多的熊感染了劳拉研发的病毒。最初的几个月，它们躁动不安，因为全新的理解力和对自我身份的意识让熊与熊之间的关系变得错综复杂。刚开始，它们相互抱有很大的敌意。慢慢地，它们开始加深彼此的联系，用有节奏感的、抑扬顿挫的吼声发展出一套属于它们自己的语言，并且开始将自己视为团体的一员。它们需要适应自己现在的新状态——它们将其命名为觉醒状态。它们需要克服使彼此疏远的不信任感，战胜离群索居的本能，发现聚集在一起探讨自我、探讨世界的乐趣，特别是一起畅想未来的乐趣。

关于过去，它们还能忆起午后甜美的小憩，还有在林间惬意自在的漫步。但与此同时，浮现在它们脑海中的还有链锯的轰鸣、树木倒地时可怕的撞击声、犬类的狂吠以及人类武器的声声巨响。它们不愿继续活在恐惧之中，不想再眼睁睁看着如今的同伴——熊联盟里的成员死去。

它们基本都没有冬眠，可能因为冬天变得越来越暖和了，也可能因为觉醒改变了它们的生理状况。只有几只老熊习惯性地备好了洞穴，开始打盹儿。除此之外，只有未觉醒的熊完全没有改变习性。它们仍然为数众多，因为觉醒的熊还没弄清楚形成这种新状态的原因，不想主动去感染其他的熊。

刚开始，病毒的传播源主要是来自城里的动物、那些死在森林里的动物或者吃腐尸的动物。各种动物会一同分食死于意外或者丧命于猎人枪下的鹿。就这样，浣熊、獾、狼獾和熊感染了病毒，并传染给其他大大小小的以腐尸为食的动物。在规模庞大的熊群中，已有上千只熊感染了病毒，而且这个数目还在不断增加。

格劳恩认为熊的觉醒和它们距离人类活动范围比较近有关系，但是它不明白人类是如何参与到它们的转变中来的。格劳恩问过公熊洛汗，但它也不知道要如何作答。这只公熊也属于最早觉醒的那一批，并且是格劳恩认识的公熊中最年长的一只。虽然无法确切知晓它度过了多少个冬天，但它可能已经有二十多甚至三十岁了。它又高又壮，凭借强大的力量积累了丰富的丛林生存经验。这些优点使它成为决策层中重要的一员。

这个小团体里的公熊和母熊比其他熊更深刻地意识到了共同行动的必要性。

几周前，洛汗向熊联盟的全体成员提出了一个计划：从人类手中夺回森林，确认熊对自己领地的统治权，阻止人类贸然闯进来，破坏熊的统治或者夺取动物的性命。为此，让熊团结起来，加强它们对熊联盟的集体归属感，就显得格外重要。所以，洛汗提议组织集体捕食，这样它们便可以捕获体型更大的猎物。在觉醒之前，它们从来没有像狼那样成群捕食过。

洛汗的提议让大家兴奋起来。在它们看来，这是个一举两得的好主意，既能巩固它们的联盟，又能解决食物匮乏的问题。原先它们会冬眠，由于在冬眠状态下消耗的能量很少，所以秋天囤积的脂肪足够支撑它们过冬。如今，它们在深冬依然保持活跃。为了四处活动和抵抗严寒，它们要消耗大量的能量。原本厚厚的皮下脂肪以肉眼可见的速度变薄，它们急需尽快补充能量。

乌鸦查理委任副手先后在城里和郊区建起聚集地，现在它花在视察上的时间越来越多。查理指挥的首次大规模行动——阻止杰弗森的飞机起飞的行动失败了。当它进行复盘时，愈发觉得扩大觉醒范围格外重要。它很担心劳拉被绑架可能引发的后果，排在首位的便是觉醒之势的终结。

它花了些时间反复琢磨下一个行动计划，终于灵机一动，想出了一个在它看来简直是天才才能想到的突破口：海鸥！它们对乌鸦的敌意已成遥远的记忆。查理和它们谈判的领地划分规则大体上得到了遵守。这个协议的几位推崇者和查理一拍即合，双方都未动干戈。海鸥在逆流而上、占领城市之前，理论上说是海鸟。所以它们应该有横穿大西洋的能力，可以向远在美国的已觉醒动物传达信息——而这样的长途飞行对于乌鸦来说是不可能完成的。

它派手下找来了自己委任的翻译——“查理之声”，要求这只雌鹦鹉陪同自己去拜访公园里的海鸥。对方接待它们时很谨慎，但没有表现出攻击性。虽然“查理之声”如今已有所进步，海鸥语好到足以让对方听懂的程度，但查理还是费了不少功夫才说服海鸥，使其意识到眼前的危险。它认为，在沿海地带，一定有大量已觉醒的海鸥聚集，而且当中应不乏能够飞越大海的健将，只需向它们证明这次远征的必要性即可。为此，查理需要公园里这些海鸥的帮助。

这些海鸥世代生活在城市里，但和海边的远房亲戚仍保持着联系。于是，查理和“查理之声”在几只海鸥的陪同之下，向西边飞去。这两种鸟之前在公园缔结的协议并未得到乌鸦此行要去拜访的海鸥的承认，所以，同行的海鸥起到了很大的作用，如果没有它们在场，乌鸦恐怕会立刻沦为海鸥的盘中餐。海鸥巡逻队将它们拦下，然后与它们一同飞到海边悬崖上的“当地主管机关”所在地，那里有一个海鸥集体领导小组。

海鸥认真听取了查理的想法，严肃地思考着它提出的问题。它们组织、任命了三大组海鸥，让每组都背下同一则信息。一周后，三支特遣队便出发飞往美洲。领头的几只海鸥就是从美洲越洋而来的，但可惜那是在它们觉醒之前，它们的记忆很模糊。或许，当它们靠近海边时，会想起些什么。

查理也借此机会将当地已经觉醒的乌鸦聚集了起来。两类不同物种的鸟一同狂欢，庆祝即将开始的远征。乌鸦杀死了一头（没有觉醒的）猪，盛宴持续了整整一夜。

劳拉一下飞机就被带上了直升机，在高空远远望见了目的地。那座房子位于一片高原的边缘，高原上是广袤的草地，最南边是一片结冰的湖。房子由石头砌成，这在当地并不常见，因为该地区主要的建筑材料是木头。房屋的外墙开有很大的玻璃门洞，连接着几个露台。在露台上可以赏美景和晒太阳——至少在夏天是个不错的选择。豹惠一句话也没说，把劳拉带进一个房间，锁上了门。尽管劳拉忧心忡忡，但旅途的劳顿还是让她睡了一会儿。几个小时后，她醒了过来，似乎没有人来看过她。

房间很宽敞，屋内除了有一张床之外，还有一张放置在窗前的书桌，以及一个摆满了美国小说的书架。房间有一扇落地玻璃门，正通向劳拉来时看到的其中一个露台。她披上衣服走了出去，想看看是否有可能逃往森林。但事与愿违，她看到露台下方是二十多米高的悬崖。她的脑海中闪过用碎布条拧成绳子借以逃脱此地的画面，但她很快就放弃了这个念头。她不是很擅长运动，况且就算逃到下面，她也不知道之后自己能做什么。森林在各个方向上都一望无际，点缀其间的河、湖在茫茫雪地上留下蜿蜒的线条。有些树木的叶子已经全部脱落，林海中格外突出的几棵树，就像静止不动的船只上的桅杆。

没有别的房屋，没有道路，没有天线。放眼望去，只有树木和积雪。大自然冷酷无情。劳拉面对着如白板一般的冰封之景，孤独感油然而生，并愈发强烈。

但森林里其实充满了生机，只需花点儿时间仔细看、认真听。一阵细微的摩擦声引起了劳拉的注意。她俯身望向悬崖下方一直延伸到湖畔的草原。一只雌鹿出现了，它有点儿丑，小心翼翼地从树木之间走出来，朝劳拉所在的方向看了看，然后转身回去，隐匿在森林之中。劳拉认出，它是一只雌性的北美驼鹿。回到房间之后，她透过窗户看到了一只母熊和两只小熊。她想，或许它们察觉到了不速之客的到来，过来确认人类丢掉的废弃物中是否有食物。正值深冬，难道它们不应该在冬眠吗？是由于气候变暖，它们的习性已经发生了改变吗？母熊和跟在它身后的两只小熊静悄悄地迈着步，绕到了另一处她一直没注意到的建筑物后面。建筑物很低，有屋顶平台，上面还有许多大管子，可能是通风系统的管道。建筑物内部可能比单看外观想象出来的样子要复杂。既然劳拉要在这里工作，那么这里理应有个实验室。又过了一会儿，比尔给她端来餐盘，一言不发地离开了。

第二天，豹惠来找她，带她参观了整栋房子。实验室确实位于地下，里面进行高精尖研究所需的设备一应俱全。但是实验室里空无一人。

“研究员在哪里？”劳拉惊讶地发现这里既没有实验室技术员，也没有生物学家。

豹惠冷笑着回答了她：“对于那些最为重要的项目，只有当我们的某个小组提出要求时，我们才为其提供来这里工作的机会。可不是所有人都喜欢这种绝对安静的环境！”

夜里，劳拉确定了行动方针。她准备研发杰弗森要求的抗病毒药物，但是她可以放慢研发速度，这样能为加布里埃尔通知当局和营救她争取时间。她想出一个既有效又站得住脚的办法。她向豹惠提出了一个强制性要求：实验室必须按照生物安全等级四级的标准进行布置，这对于从事高危致病性微生物实验而言是必不可少的。

豹惠愤然拒绝：“绝对不可能！对这项工作来说完全没必要。况且，您在格兰贝尔的实验室里就没提出这样的要求，为什么现在突然就成必不可少的了？”

“您很清楚，我当时并没有下定决心要研制抗病毒药物。既然我现在不得不做，那么经过深思熟虑，我发现事情比我原先预想的要更复杂，要考虑到各种可能发生的情况。如果抗病毒药物真的能对已经觉醒的动物起效……”

“是猫科动物发声综合征……”豹惠打断了她的话。

“现在这里就我们两个人，不必再有这种可笑的说法了！”劳拉哂笑道，“总之，如果抗病毒药物真的能起效，得保证不能让它对人类的大脑起作用。但这是很有可能发生的，因为最初制造病毒时用的就是人类基因。设想一下，如果抗病毒药物还没有完全研发成功，就先进入了人体，事态会如何发展？被感染的人可能会因此丧失学习能力，被困于过去，无法再学习任何新东西，甚至无法拥有新的记忆，像是得了阿尔茨海默病，但病情会恶化得更加突然。更糟糕的情况是，如果病毒整合到人类的基因组中，就可能会通过精子和卵细胞传递给下一代。我猜，您不想冒这个风险吧。”

豹惠想了想。这样的意外绝对不可接受。但是杰弗森下达的指令很明确，务必尽快成功研制出抗病毒药物。

“您需要些什么？”她不情愿地问。

“鉴于实验室设计得非常好，只需稍做调整即可。房间必须做防水处理，必须保持在低压水平，防止被污染的空气外泄。工作期间应穿防护服，且离开房间之前应清洁消毒。所以，需要一个可以喷洒苯酚的密闭消毒舱……”

“这不可能，这需要花好几个月的时间！”

“不用，最多几个星期就够了，您看……”劳拉不想被断然拒绝。她在苯酚这一要求上做出让步，然后向豹惠演示如何在合理的期限之内满足她的要求。

“好吧，我去告诉杰弗森先生。”豹惠嘟囔着，显然她并没有百分之百被说服。

洛汗坐在林中的一片空地上，几只熊围着它，认真听它讲话。它正在描述已制订的狩猎行动计划的细节："首先，我们要绕着北美驼鹿围成一个大圈，距离它要有两百多步那么远，只在迎风面留下缺口。等到最后一刻我们再将缺口围上。我们慢慢靠近它，尽量不要发出声音，只要让它隐约感到不安就行。我们要促使它自发地选择正确的方向，让它不知不觉地走向埋伏小组。"

整个小组包括洛汗、格劳恩，还有另外三只最近觉醒的熊。它们已经讨论出作战方案。五只熊会分别从两侧守住北美驼鹿可能经过的小路，由于它平时也会走这条路，所以已经在茂密的森林中留下了痕迹。等驼鹿一出现，洛汗便会站起来，把它吓到定住不动，或者至少让它慢下来。然后，候在两侧的四只熊会两两一组扑向驼鹿。如果每只熊可以抓着驼鹿的一只脚，就会使它无法动弹，洛汗便可以趁机抓住它的脖子，将它杀死。如有必要，负责围堵的熊要来帮它们，但是洛汗担心这样可能会造成混乱，它希望能够速战速决。

最后，它这样说道："大家各就各位。等两位侦察兵一回来，我们就出发。它们会告诉大家，昨天我们注意到的那只体型高大的雄鹿在什么位置。”

熊又等了几分钟，低声相互讨论着。等负责盯梢的两只熊一到空地，熊群立刻安静了下来。

“出发！我们饿了，也累了。保持专注，让行动成功。大家都清楚这对我们有多重要。”

没错，几个星期以来，它们一直被迫采食橡果，现在，这已经变得让它们难以忍受。不过，洛汗的话还暗指熊联盟的宏大计划：将熊联合起来，形成一个真正的熊的社会。此外，它注意到，单单是狩猎之前的准备工作，就已经产生了积极的影响，能让大家互相倾听、互相支持、互相信任。

熊排成了一列。它们已经这样训练了一段时间。它们一个接一个地沿着队首的熊选择的路线前行。它们的步伐很轻、动作很隐蔽，自然而然地模仿了狼的动作习惯。洛汗满意地看到，它们正在形成一支真正的狩猎队伍。

在离驼鹿尚有一定距离的位置，它们兵分两路，以便围成大圈，步步逼近。它们闻到了那只大型食草动物的气味，时不时听到树枝断裂的咔嚓声。熊尽管已经分散开来，但仍然在彼此的视线范围之内，可是它们的猎物却迟迟没有现身。

突然有几秒钟，万籁俱寂，就好像驼鹿定住不动了。接着，熊听见它重新迈步走起来，然后开始小跑。捕猎队加快速度，以跟上驼鹿的节奏，同时还保持着包围的队形。正如熊所料，驼鹿径直跑向埋伏小组。胜利在望，熊已经开始感到欣喜。然而，就在此刻，奇怪的事发生了。驼鹿消失了！什么声音都听不到了，气味也快速消散了。

熊没有料到，这只巨大的鹿科动物也觉醒了。夏末，它被一只觉醒中的狼咬伤了。等驼鹿完全觉醒后，它觉得还是离开原来的活动范围为妙。现在这个地方没有狼，熊虽然多，但它不怕熊，因为熊很少攻击健硕的成年雄鹿。它还经历了发情期，被雌鹿的味道吸引，但它意识到那不过是大自然强加给它的欲望，并渐渐习惯了离群索居，觉得逍遥自在。

最近的另一个变化是，它一向敏锐的嗅觉好像变迟钝了。熊步步逼近，可等它闻到气味的时候，已经有点儿晚了。而且，它还意识到敌人为数众多，这很不正常。它立刻有所警觉，并听到了其他熊的声音。由于风向的原因，它闻不到这些熊的味道，但这些熊并没有它们自以为的那样谨慎低调。驼鹿得出结论，这些熊很特别，可能和它一样已经觉醒了。它不知道这种状态下的熊是否会变得更加危险，但它不想冒任何风险。熊群似乎在将它逼往某个特定的方向，它决定先不要盲目地逃跑，而是让追捕者相信它在自投罗网。它知道附近有个水潭，可以对自己有所帮助。它加快速度，争取到了一点儿时间，一到达水边就踏破水潭表面的薄冰悄然躲了进去。它藏身水中，脚还能踩到水底。它将鼻孔关闭，侧身躺倒，完全消失在冰冷的水里。熊从旁边路过，没有发现它。驼鹿尽己所能，等待了足够长的时间，才将头伸出水面。气味表明，熊还在不远处寻找它。它跳出水潭，先是小心翼翼地小步快跑，然后拔足狂奔。

与此同时，负责围捕的熊和以洛汗为首的埋伏小组会合了。洛汗愤怒不已，命令大家立刻归位。

“你们没有截住它，我不知道你们是怎么搞的。这么大一只驼鹿，不可能藏进什么洞里……”洛汗从碎裂的冰面旁边经过，立刻明白它们被驼鹿耍了。于是，它推测这只猎物也已经觉醒。毕竟驼鹿从来没用过这样的诡计！出了这样的意外，洛汗备感恼火，重新集合全员，简明扼要地说明了新的作战计划。新计划非常简单：去追驼鹿，抓住它，杀了它！

痕迹刚留下不久。熊依然花了几个小时才追上驼鹿，将其逼入被雪覆盖的高崖间的死路，让它无处可逃。驼鹿与三十多只追踪而来的熊对峙着。它知道难逃一死，于是，它摆出要拉上几个攻击者同归于尽的架势。熊似乎听不懂它在喊些什么。它不得不承认，这将是它此生最后一场战斗。它垂下沉重的头颅，巨大的鹿角直指前方，侧枝十分尖利。它背上的毛竖起，让它的体型看起来更加庞大。它杀死了两只熊，刺伤了五只熊，才最终命丧黄泉。

尽管格劳恩也在这场狩猎中拼尽了全力，但它并没有和其他熊一同将鹿杀死，这并不是因为它已经筋疲力尽。它没听懂驼鹿的临终之言，但无法下定决心杀死一只已经觉醒的动物。尽管它的思维还不太清晰，但隐约感到觉醒在它们之间创造出了深刻的联系。

洛汗察觉到了格劳恩的不自在。它让已经蠢蠢欲动、准备大吃一顿的熊都先停下来，然后用强有力的声音喊道："为了让我们生存下去，驼鹿献出了自己的生命。它展现出了智慧与勇气，像我们一样。在它的肉变成我们的肉之前，我们要向它致敬，让我们一同学习它的这些优点。"

三个年轻人和三只动物在布鲁克林租下一套两居室的公寓。他们分配了任务，对解救劳拉行动的准备工作进行了分工。加布里埃尔负责收集所需装备。他由于从未参加过野营，故基本遵循克莱芒的指示——此前，克莱芒为了观察胆小的稀有动物，曾参与过极端条件下的远足。他们需要一顶帐篷，以及适合在森林里睡觉（即必须能抵御严寒）的羽绒睡袋。在缅因州的这个地区，二月份的气温会低至零下二十摄氏度，尽管近年来这种情况越来越少见。在冬季，森林不会提供太多食物，所以还需要买些便携的炊具和足够食用三周的脱水食品——他们认为三周是完成此次行动所需要的时长。加布里埃尔还要负责为每个人准备保暖、防水的衣物以及合适的徒步鞋。不过阿莉雅坚持要留着她好不容易在百老汇买到的玫瑰色和黄色相间的长靴。加布里埃尔还提议买双筒望远镜、称手的刀、绳子和抓钩。电影里的主人公在深入偏僻且有重兵把守的地方时，常常用到这些物品。由于这些装备都很昂贵，他跑了很多举办旧物出售活动的私宅车库，在那些地方可以买到便宜的二手货。这相当有效，只是花了一些时间。

年轻女孩阿莉雅则轻松地在一家咖啡馆找到了打工的机会，这样可以缓解小分队的资金压力，因为买船票和租公寓已经快把劳拉的账户掏空了。为这次远行，阿莉雅负责准备从福克斯克罗夫特小镇到拜尔斯顿的详细地图，前者是他们目前所在的大本营，后者是劳拉被软禁的地点。专卖店出售的地图上，在他们的终点附近的大范围区域都莫名其妙地呈现出一片空白。似乎没有任何道路，难得看到的几条小径也和航摄影像中的不符，仿佛这些路已经改道了。总之，没有通往拜尔斯顿的路，这既十分奇怪，又令人不安。

克莱芒在尝试获取有关东北部森林里动物觉醒状况的可靠信息。旅行指南中有条警告说在美国公园里经常能碰见大型动物，他对此甚为重视。他在多家专卖店里来回转悠，找到了可以驱赶熊，甚至可以驱赶美洲狮的辣椒喷雾器——至少在它们尚未觉醒的情况下能够起效。他们绝对不能再陷入与狼群对峙时一样的局面了。这次，可不会有大象来解救他们了！不过，好在这个季节他们基本不用担心蛇和昆虫。

大自然里究竟在发生些什么，无人知晓。网络上流传着诸多谣言，疯狂至极，相互矛盾，又无法核实。政府并未因此而掉以轻心。有些物种一旦觉醒，会变得非常危险。在整个北美地区，有近一百万只黑熊，数十万只灰熊、狼和美洲狮。大型食草动物也有可能会带来问题。虽说野牛经历 19 世纪的大规模猎杀后数量一直未能恢复到之前的规模，可能不足为患，但据专家统计，还有约一百万只北美驼鹿、数目与之相当的马鹿（生活在美洲的大型鹿类），以及无数不同物种的小型鹿科动物。它们在自然状态下通常很胆小，但在受到威胁时会表现出攻击性。它们的鹿角是危险的武器，尤其是在觉醒之后。对数以千万计的浣熊、狼獾、水獭、负鼠、河狸以及数以亿计的小型啮齿动物和鸟类也要保持警惕，它们都有可能觉醒，并扰乱人类的生活。

另一个难题是动物园里的动物可能会觉醒。一头狮子吃下一只粗心大意的乌鸦而意外觉醒，并因此被秘密实行了安乐死。如今所有的动物园都与外界完全隔绝，园区上方都被巨型的铁丝网封住，以防止任何和鸟类产生接触的可能；园区还设置了防鼠设施，人们希望这样可以起作用。然而，觉醒悄无声息地在野生动物之中蔓延，既没有登上报纸的头版，也没有在网络上引起热议。同样，城里发生的事也几乎未被察觉，却可能在事态演化的过程中发挥重要的作用。

蒙田借机搜寻着标志疫情进展，特别是其后果的所有迹象。有一天，它兴冲冲地从每日探索之旅中回来："我觉得动物们正在创造一种共同语言，或许更确切的说法是，我觉得它们的语言在自发地趋于一致。我不知道它们是不是完全有意识地在做这件事。"

"这挺正常。"阿莉雅说道，"觉醒的动物开始讲话，使用的正是它们所听到的来自周围的语言。不同种类的动物之间的接触会让它们的语言趋向同质化。"

"但它们相互之间有什么可以说的呢？"加布里埃尔问道。只要涉及动物觉醒的话题，他就会有些语带讥讽。

"如果它们讲同一种语言，或许可以更好地相互理解，在对未来的展望上达成统一意见。”蒙田回答道。

“对于这个问题，我更同意加布里埃尔的看法。我可不觉得我和老鼠能有什么共同的未来！”说这句话的是糖糖。它正卧在暖气片上。它声称这样做是为了储存热量，为接下来要面对的严寒做准备。

“如果老鼠跟你说话，你会吃了它吗？”蒙田问道，它对这个辩题产生了兴趣，尽管它完全不可能吃任何动物，无论动物是否觉醒，“如果你不吃它，你们有可能会发现，彼此之间是有共同点的。”

“我已经很难对其他猫提起兴趣了。对一只老鼠，我更不会产生什么感情，哪怕它已经觉醒了。”

“可你对在场的几个人和一只鹦鹉就破例了。我甚至想起不久之前，你曾和一头大象共情。按理说，在与另外某只动物相遇之前，你如何能确定会对它产生怎样的感情？”

“你说的也不是完全没有道理。”糖糖回答道，“在别的情况下，我可能会把你当成猎物。不得不承认，时代变了……”猫站起身来，伸展了一下四肢，又重新蜷成一团，补充道：“但尽管如此，如果是老鼠……”

熊知道，森林，它们的森林，非常广阔。但它们只能做出这样相当粗略的描述。为了划定它们与人类世界之间的界线，熊联盟中的第一圈（决策层）决定明确森林的面积。土地丈量员被派往各个方向。

最明显的边界位于正午时分的太阳所在的方向。那是距离它们最近的边界，是一个极为狭长的湖。湖的对面是另一个世界，那个世界在某些方面的确很有趣，但也非常危险，因为那边的人为数众多，可能远多过熊的数量。它们决定不去争夺那块地盘，就将其留给现在生活在那里的居民。

前往日落方向的熊也到达了森林越来越稀疏、人群越来越密集的地方，此时它们距离出发地已有几天的路程。所以熊群在这一边的领地很是广阔。熊联盟紧急派遣边防小组去保护边境。

前往影子最短时所指方向的熊迟迟未归。洛汗不知道对此该怎么想。要么森林在这个方向上延伸到了很远的地方，要么熊遇上了阻碍它们归来的难题。它派了一支救援队伍，嘱咐它们务必万分小心。

格劳恩也自告奋勇去丈量土地。今年冬天它没有怀孕，所以行动自如。它朝着日出的方向前行了数日，记下沿途最主要的地形。终于，它来到了一片大湖的边上。大湖一眼望不到对岸。细小的波浪轻轻拍打着月牙形的狭窄湖滩，湖滩边缘是没入水中的岩石。这里散发着浓烈的气味，几乎让它醺醉，和它平时在湖边闻到的味道大不相同。

当它正思考吃点什么的时候，它注意到地面上有一群海鸥，而且它们似乎非常激动。它曾见过海鸥，但从未对它们产生过兴趣，因为这种鸟儿不仅聒噪，而且飞得太快，它抓不到。不过现在它们一反常态。母熊走向它们，琢磨着如果这些海鸥可以作为食物的话，它可以趁着它们在吵闹的机会，抓住它们。

但出乎它的意料，海鸥没有飞走。它们与熊对峙，张开翅膀让自己看上去更加庞大，而且仿佛拿出看家本事一般大声叫嚷起来。格劳恩停住脚步，坐下思考。鸟儿的叫嚷中穿插着一些沙哑的音节，有点儿像熊的语言。它竖起耳朵，识别出了几个词：“走开”“去死”。

母熊试着用森林里的熊的语言进行回答。这次轮到海鸥大吃一惊。它们安静下来，其中看上去最年长的一只海鸥，迈着有蹼的小脚，摇摇晃晃地走近母熊。海鸥在距母熊还有一段距离的地方停下，这样既可以与之交谈，又能在遇到哪怕一丁点儿危险的时候立刻逃脱。

海鸥是出色的旅行家，有机会听到各种觉醒的动物讲的话，特别是周围常见的乌鸦和海豹。在森林里，它们也听到过熊之间的交谈。为了更好地探索水域沿岸的资源，在过去的几个月里，海鸥和浣熊联合了起来。浣熊的灵敏嗅觉帮了鸟类的忙，鸟类的好眼力和飞行能力帮了浣熊，优势互补，它们得以快速侦察广阔的区域。

这样的交流使海鸥拓展了掌握其他物种的词汇及语言结构的能力，有点儿类似过去的航海员在各小岛之间航行时，会从各地学一些做生意必需的词句。海鸥的分析能力虽不及乌鸦，但是卓越的记忆力对于它们正在构建的交流系统而言，显得格外有用。

格劳恩在这边逗留期间，慢慢地明白了上述这一切。它在这里停留多日，想借机好好了解海鸥对世界的认识。

第一晚，它在湖边和老海鸥交谈了一个小时，其他海鸥都叫它曳翱。起初交流有些困难，格劳恩想出了一个调节气氛的主意。它让曳翱稍等片刻，自己转身回到森林。几分钟后，它闻到了所寻之物的味道。那是一只年轻的鹿，可能被汽车撞了，丧命于峡谷深处。母熊拖着散发着气味的尸体来到岸边，和海鸥一起分享食物。从此以后，海鸥显然对它信任感大增。

第一章　一　月

格劳恩回来之后，还有另一件事让它大吃一惊：湖消失了！或者更确切地说，湖后退了。它于深夜听到远处水浪翻滚，仿佛湖空了一部分。它刚开始以为是河狸的小诡计，这些动物会通过垒坝，随心所欲地改变湖泊的水位，但是水位变化从未如此迅速过，特别是这种规模的大湖。当它来到水边想一探究竟时，再次吃了一惊：水是咸的。通过和海鸥交谈，它终于明白，原来这大一片咸水水域是海，比森林中的湖泊要广阔得多，因为海鸥花了好几天才飞越它。

格劳恩还了解到，附近的人很多。在快到水边的地方，它走过了几条由人类铺就的又黑又硬的路，上面还有他们的车辆来来往往。所以，熊将地盘扩大至此并没有什么好处。

过了几日，格劳恩和海鸥能够顺利地相互理解了，它们谈到一个重要且神秘的话题——觉醒。它们试图罗列出有哪些动物觉醒了。海上，有海豹、海豚、鲸鱼和其他数目不及海鸥的海鸟。陆地上，据格劳恩所知，除了熊和驼鹿之外，还有狼、美洲狮、狼獾、浣熊、狐狸以及许多小型食肉动物，或许还有一些鸟。大家都未曾尝试统计觉醒动物的数量，因为每个物种中都有尚未觉醒的动物，而且往往还占绝大多数。在食草动物中便是如此，它们当中只有寥寥可数的几只发生了转变。

对于格劳恩来说，这样是最好的，因为它不愿吃掉一只能跟自己对话的动物，但不是所有动物都有它的这种顾虑。海鸥也认真思考过这个问题，老叟翱向它坦言："这让我们想起了我们的经历，因为觉醒在我们中间就是这样传播起来的！是乌鸦告诉了我们这些事。它们生活在海的另一边。"

由于母熊献出了食物，从未表现出威胁，它便逐渐获得了老海鸥的信任，老海鸥决定把乌鸦的信息转达给母熊，而它也是从另一只海鸥那里获知的这则消息。在母熊闯入海滩的前几天，那只海鸥因跨洋飞行而体力不支，跌落在了岸边。

就这样，格劳恩明白了觉醒到底是什么，知道了某个女人如何引发了这种转变，以及其他人想让动物重返觉醒之前的状态。所有这些令它既兴奋，又不安。兴奋，是因为自从冬眠醒来就一直折磨着它的问题终于得到了解答；不安，是因为它和其他熊有可能重回往日的蒙昧状态。而那位被称作"洛拉古皮"的女性目前身处茫茫森林中的某栋房子里，在为让它们回归从前的状态而工作。

格劳恩不能陪海鸥继续滞留此地了。它得回去通知洛汗和熊联盟的其他成员。

第一章　一　月

浣熊的觉醒

发生了什么？我在哪里？其他同类在哪里？我是谁？是的，这很重要！我是谁？我快速地转着脑袋。朝向这边，朝向那边。这边，城市。那边，公园。城市，有危险，有食物。公园，危险更小，食物更少。要做出选择。其他同类已经做了选择。它们在哪里？我能听见它们的声音。我能闻到它们的气味，它们就在那里。它们在东翻西找。它们在吃。它们全部，不是全部。科里不是，它没在吃，它没在翻找。它在看，和我一样。它抬起鼻子，为了闻味道。它的脑袋朝各个方向转个不停，和我一样。发生了什么？快，思考。思考？是的，是这样的。我在思考。我在想，而不是在翻找。我想我变了。我知道我是谁。我是一只浣熊。这是大块头给我起的名字。那些没毛的。白天他们会来。晚上他们会去哪里？不，这跟我没关系。这也没意思。重要的是，我是科瓦蒂，而它是科里。无论如何，我还是得东翻西找。和其他同类一样，我得吃东西。快快快。

*

我于三天前觉醒了。

来自欧洲的老鼠很快传染了它们的纽约同胞。随后，病毒又通过它们感染了这座大都市里的猫猫狗狗和一些鸟，特别是美国的乌鸦——它们与欧洲的乌鸦是远房亲戚。很快，和在欧洲一样，动物们纷纷组成小团体，以共同商讨未来，制订大体比较现实的计划——有些还是对人类抱有敌意的计划。

相比之前在住宅区，夜帝在路上遇见的狗要少得多，并且它差不多能听懂那为数不多的几只狗所讲的语言。而且它可以毫不费力地找到食物，因为通过小路可以深入街区，那里堆着餐馆和住宅区小型超市的垃圾桶。尽管如此，没过多久它还是暗自琢磨，自己跟过来是不是一个错误。

因为小疙瘩，它登上了货轮，但这不是唯一的理由，甚至不是主要理由。它想过要把野生动物联合起来去救劳拉，但它想更进一步，促使劳拉改良病毒，能让狗在接下来可能要进行的斗争中具备决定性优势。它们要为在这个世界中获得属于自己的一席之地而斗争，要与人类平起平坐……若人类不接受这一观念，那它们便要与之为敌。

在越洋航行时，它与小疙瘩交谈良久。小母狗和它分享了劳拉被软禁的地点等相关情报。现在，夜帝对此已有相当清晰的认识，更何况它还有极佳的方向感。它知道要朝东北方向前行，去往一个名为缅因州的地方。但自抵达港口以来，它迟迟未能制订出最合适的行动计划。

在行动之前，为了寻找并结识其他已经觉醒的动物，它会在夜间漫步。有一次，它来到中央公园，立刻就喜欢上了这里。它找到了一个藏身之处，在这里睡觉既舒服又暖和，而且垃圾桶里有一大堆没吃完的三明治，还有纽约居民来公园喂松鼠，这里的食物几乎取之不尽。来到这里的第二天，它与一只动物发生了一场命运般的相遇。

那只动物像是某种大猫，口鼻尖尖的，有黑色的眼罩，浓密的尾巴上有黑白相间的环纹。它开口说道："我是科瓦蒂。你呢？"

奇怪，夜帝能相当清晰地理解它的话。但是，对方看起来不是猫，也不是狗。它有手，很像猴子的手。"我叫夜帝。我是狗。你呢？"

"我当然知道你是狗。我又不傻。我呢，是一只雌性浣熊。你要是没有意识到，那就说明你不大机灵。"

夜帝没有完全听懂它使用的字眼。它只听懂了对方是雌性，这也和它靠嗅觉做出的判断一致。"'欢'熊……像一只熊？”

“当然不是，那也太可怕了！你真的很特别！”

“我不是本地的。”夜帝生气地说。它觉得这么解释已经足够了。

“好吧。”浣熊回答道，它没再坚持。

公园里一片冷清。这个冬天很温和，两天前下的雪已经融化了。中央公园里的动物早就经历过更艰苦的生存条件。

“你想来吃饭吗？就现在，跟我的朋友们一起。”

科瓦蒂带着夜帝绕到一栋红砖砌成的小型建筑后面，这是一家餐馆，清晨这个时候还没开门营业。科瓦蒂把狗介绍给其他浣熊，大家友好地欢迎了它。只有一只浣熊立刻跑开了。

“抱歉，它还没觉醒，只有它还没有。”科瓦蒂有些窘迫地说道。

“你们不知道怎样让同伴觉醒吗？”夜帝问。

“不知道，反正事情就这么发生了！”

浣熊和夜帝分享了早餐。夜帝看到浣熊灵活地用手拿着食物，摸一摸，闻一闻，然后才开始品尝，这让它十分惊讶。当着人类的面在大盘子里吃东西并不会令它尴尬，但此刻面对着如此灵巧的动物，它觉得自己既笨拙不堪，又有些粗野，这是它从未有过的感受。夜帝把这些不体面的想法抛到脑后，开始向科瓦蒂解释什么是觉醒，以及科瓦蒂可以如何把觉醒传播出去。然后，夜帝试图跟它讲述来这里的原因。科瓦蒂表现得很积极，也很友善，但总是跟不上夜帝的思路。夜帝决定直奔主题："我要去往东北方向。"

"东北方向？"科瓦蒂问道。

"夏天时太阳升起的方向。"夜帝又说得明确了些。

"哦，那边！"科瓦蒂用手指着公园边上的一片高楼回答道。

"是的……大概吧……"

"我就是从那边过来的！"

科瓦蒂像往常一样，用不连贯的短句简要地向夜帝讲述了自己的经历。尽管它当时已经觉醒，但一不留神，就被关进了一辆大型露营房车的挂车里——它不该被果篮的味道吸引而钻进去。直到晚上，它才得以逃脱，而当时它已身处纽约的一个停车场。在整趟旅行中，它透过车身立柱间的空隙看着沿途风景，试着记下路上所有细节，以期有朝一日能够踏上归途。它表示已经做好了准备，可以给夜帝带路。

夜帝还想在纽约多逗留几日，希望能在挺进大自然深处之前收集一些其他信息，它担心会陷入只身犯险的境地。夜里，它来到中央公园的一块交互屏幕前。它不怎么识字，英文认识得更少，但还是成功调出了一幅拜尔斯顿地区的卫星地图。它请了科瓦蒂来帮忙，科瓦蒂的手指细长且灵活，比它长着茧的厚肉垫要方便得多。终于，两只动物确定了出发日期。科瓦蒂从在公园玩耍的孩子那里偷来一个包，装了满满一兜食物。

据夜帝的估计，要走完科瓦蒂当时经过的路，需要三周之久，前提是科瓦蒂能以跟它同样的速度小跑。但是浣熊不想跑。它只在必要时才会跑起来，而且只是跑很短的一段距离。科瓦蒂向夜帝解释说，如果它能独自返回，早就离开这里了，但这对于一只浣熊来说是不可能的。所以，它想一路坐在夜帝背上。夜帝低声抱怨着，但还是同意了。于是第二天早上，科瓦蒂跨坐在了它的背上。科瓦蒂不是很重，夜帝只是说了一句："如果你要坐稳，可以抓着我的皮毛，不要拽我的耳朵……"

熊联盟决定不等春天到来就行动。冬天对熊并不利，因为它们不容易找到吃的。不过，在这个时节，森林里几乎没有多少人。没有猎人，也没有野营者。只有几个护林员和伐木工，对付他们很简单。熊盯上了人类正在开垦的一块土地，伐木工人正用巨大的机械设备砍倒土地上的所有树木。由于森林在逐渐消失，事不宜迟，第一圈派洛汗即刻发起第一轮攻击。

熊包围了正在工作的几个人。它们留心不要犯和围攻驼鹿那次一样的错误，目不转睛地盯着他们。其中一个人手持步枪，正试图开火，但是一只熊从他背后的灌木丛中跳出来扑向他，把他扑倒在地，狠狠地抓伤了他。男人倒下，松开了步枪，一只熊用嘴把枪叼了起来。地上的人大声呼喊，似乎已经无法动弹。其他伐木工人聚成一团，和熊对峙。他们当中有些人拿着砍树用的会发出噪音的工具，另一些人手持普通的棍子。洛汗咆哮了几声，下令让同伴保持距离。它不希望它们受伤，至少不要在这场也许很漫长的战斗之初就受伤。

男人不再喊叫了。三个护林员抬起他的尸体，搬到一辆车上。其他人慢慢退后，眼睛一刻不离地盯着熊。洛汗听着他们说话，分辨出几个它觉醒之前在露营地附近徘徊时常听的词：熊、危险、离开……几个人坐上了准备开动的卡车。两辆皮卡小货车紧随其后。洛汗大吼一声，其他熊立即听令，包围了最后那辆车。在司机一侧的三只熊站了起来，开始推皮卡，想把它推倒。司机猛踩油门，让车加速。熊失去平衡，四掌着地。司机趁机冲撞挡路的熊，拼命加速。

熊在皮卡后面穷追不舍，但只是为了吓唬司机，因为它们并不奢望抓到躲在车里的人。洛汗转身朝向拿到了人类武器的拉罗，向它表示赞赏。

“非常棒的主意。我还不知道我们要如何使用这个武器，不过我们一定会找到方法的，先把它放到安全的地方。”

接下来的几日里，熊又发起了两次行动，都是在几乎一样的情况之下。人类每次都表现得非常吃惊，仿佛对先前遭遇的攻击从未耳闻。熊的技巧愈发娴熟精进，它们理解了使人分散的好处。它们在同一时刻，一起从不同方向的树后跳出来，接着立刻交错狂奔，在伐木工人心中散播下恐慌。即便他们带着枪，也不知道要瞄准何方。

第三次突袭大获全胜。两个男人被杀死，其他人落荒而逃，丢下同伴的尸体不管不顾。熊不知如何是好。人不是猎物，不能算是真正的食物。它们彼此心照不宣，都不想吞下人肉，使之融入自己的身体。它们只想让敌人消失。

和家养动物不同，熊对人类的活动没有清晰的认识。它们只和猎人或伐木工人组成的小群体打过交道，对世界的其他部分知之甚少。虽然它们当中的一些熊已经去过城市，翻过垃圾箱，知道人类其实数量更多，也更厉害。但是它们的看法很模糊，因为它们闯入人类世界时尚未觉醒。此后，它们一直待在森林里，记忆变得模糊而无法真正派上用场。洛汗、格劳恩以及第一圈里的其他成员意在确保它们在森林中的地位，禁止人类侵入。它们希望通过行动消灭那些破坏领地的擅闯者。但它们无法意识到，这样的行动正在引发些什么。

熊从未听说过有驯熊师命令被俘获的熊跟随鼓声跳舞，有马戏团训练熊骑上可笑的小自行车，还有那些更不幸的熊，被人类宰杀剥去皮毛。它们也不知道，在有些地方，熊被指控吞食母羊、掳走人类女性，因而被一举消灭。如果它们知道了熊长久以来所遭受的虐待，它们可能会在夺回领地时表现得更有决心、更加残忍。

它们不了解世界，不知道自己的战斗注定要失败——至少，考虑到人类的力量和残忍程度，结局注定如此。它们也不知道，它们实际上并非完全孤立无援，人类并不是全部相同，它们也可以在人类当中找到盟友。

实验室的施工无休无止。整整几星期，劳拉都被强制要求待在房间里，不能去施工现场。她读着书架上过时的小说，以及时不时带给她的报纸。她也开始在纸上写起计划进行的实验。加里会定期提议带她出去走走，她对此欣然接受。他们需要穿上雪地靴，因为深深的积雪覆盖了森林。她的看守员少言寡语，除了对拜尔斯顿周边的动物活动痕迹做些解释，几乎不再开口。

她没看到任何大型陆上交通工具，无论是客车还是卡车。有时，她从房间里会看到一辆雪地摩托车悄悄开出去。这证明森林里没有道路，或者道路难以通行。她经常听到直升机起飞和降落的声音。她看不到直升机，专用升降台在建筑的后方，工人可能正是这样被带到施工现场，再被带回城里的。

实验室戒备森严。劳拉注意到有其他几位佣工负责准备餐饮，养护房屋和外围。如果她能收集到他们的一些出行信息，或许会派上用场，但她大部分时间被关在房间里，在这方面没有太大进展。这段时间里，比尔和加里轮流给她送饭。比尔始终保持着距离，面无表情，而加里则显得更为放松。有一晚，加里微笑着宣布："快完工了，明天粉刷工人会来。您可以重新开始正常活动了，至少在房子里是可以的。您可以开始工作了！"

"您知道我的工作是什么？"劳拉问道。

"知道，我很清楚发生了什么。"

"那您同意您老板的想法吗？"

"我的工作，就是服从命令。"

“您这样不算回答了我的问题。”劳拉说道，露出一丝略带嘲讽的微笑。

加里好像突然有些局促不安：“这很难说……我不认为这件事会改善动物的现状，特别是被畜养的动物。”

“我很难相信您竟然会关心它们的命运！既然您在沃夫公司工作……”

“您不了解我，”加里愈发冷淡地答道，“您不知道我在想什么。”

劳拉不想破坏她在这栋房子里仅有的相对舒服的关系。她换了个话题：“抱歉，我无意惹您不快。或许您可以告诉我，为什么你们出行用直升机而不用车。”

“您想必很清楚我无权跟您说这个。不过，我可以告诉您的是，目前这段时间陆路不安全。河狸垒了新的坝，湖水淹没了一部分小路。我们在城里遇见一个诱捕动物的猎人，说他不敢再去某些区域了……”

“为什么？”劳拉饶有兴致地问道。

“他有些前言不搭后语，但由此可见，他受到了很大的惊吓。伐木工和熊之间出了些问题，可是在这个时期，熊通常应该正在冬眠。森林里发生了些反常的事……而且，不只是这里……”他停下来，直视着劳拉的眼睛，“我觉得您对此负有责任……我不是在责怪您。我觉得这还挺有意思的！”

福克斯克罗夫特小镇流传着各种荒唐的传闻。有些人说，熊劫走并杀死了北郊那座距市区十来公里的驯鹿酒店的老板。另一些人则断言，已消失了很久的狼又回到了这个地区，更糟的是，现在它们和熊联手了——这一下子让消息完全丧失了可信度。还有一些人转述着关于“人化熊”的离奇故事，说它们可能是被某个秘密的联邦机构创造出的熊与人的结合体，目的在于控制美国的林区。流言四起，居民人心惶惶，纷纷补充弹药储备，使军火商都弹药短缺。

实际上，没有人真的知道森林里正发生着什么。几星期前的熊袭击人事件后，伐木工人都停工了。林业企业老板向缅因州野生动物管理局的狩猎监督官寻求帮助，而后者已被其他事务压得喘不过气了。他们接到了不少关于狼群出没的投诉，不过他们觉得应该是一群可能已经觉醒的出逃的狗。还有一只美洲狮袭击了一位自行车骑手。要找到它，诱捕它，把它送回原处。更令人烦恼的是，河狸趁着今年的冰早早解冻，筑起了规模空前的水坝。山谷被淹没了，而那里正是一年一度的渔猫节的举办地，这项春季活动每年都会吸引整个缅因州的居民前来参加。必须尽快解决这些问题。而且这个冬天，熊似乎极具攻击性。不过他们还没有接到关于驯鹿酒店的投诉。

每年的这个时候，酒店和附近的露营地通常都冷冷清清。有几位冬季徒步旅行爱好者偶尔会预订酒店房间，但今年冬季徒步旅行爱好者被在该地区的镇上巡逻的国民警卫队劝返了。酒店经营者于是决定关门暂停营业，去佛罗里达度假一周。他们把船锁进滨海仓库里，确认关好了门窗，给全体员工放了假。

消失了的气味让熊警觉起来。数月以来，它们一直没有靠近露营地，甚至避开了在觉醒之前会去翻的垃圾桶。它们不想再碰上人类以及他们的车辆，但突然之间，它们什么味道也闻不到了，既没有了人类散发出的那种让它们不安的气味，也没有了来自他们厨房的充满诱惑力的肉香。

整个旅游综合体位于湖边，湖呈胡蜂状，中间窄如蜂腰，纵向则长达五十多千米。这在熊看来是天然的边界，一边是它们的领地，另一边是人类的地盘。在人类那边，原先的森林已被耕地、高尔夫球场和停车场取代。从福克斯克罗夫特来到酒店需要通过一座桥，桥横跨在湖最窄的地方之上。

格劳恩建议熊联盟派一支队伍到酒店去，以保护它们的边境，阻止人类入侵，桥应该很容易封锁。洛汗一声令下，十二三只熊前往酒店过冬，它们不仅喜欢那里柔软的床铺，还喜欢那里满是火腿和驯鹿肉干的食物储藏室。为了供游客消遣，人们在湖里养殖了鱼类。在从周围山丘上流下的湍流汇集之处，它们很容易抓到鳟鱼、鲑鱼和黑鲈。

一段时间以来，熊和浣熊结伴而行，浣熊比往常表现得更加有好奇心。两个物种几乎同时觉醒。浣熊和大部分动物的关系都很融洽，至少和那些它们不吃的动物是如此。熊也几乎从未将浣熊作为猎食目标，哪怕是在觉醒之前。现在，浣熊随心所欲地跟着熊，和熊交换并共享食物。熊派它们用渔具去钓鱼，那些渔具是熊破门进入一个小仓库后找到的。使用人类物品时，浣熊可以比熊更得心应手，而要从水中捞沉甸甸的大鱼上来时，熊则可以助浣熊一臂之力。

两天后，福克斯克罗夫特的警方看到了安装在酒店接待处上方的监控摄像头拍下的画面，发现了熊的入侵。警方通过监控控制键盘可以管控散布于该地区的上百个摄像头，一位警察无意间看到了一只熊坐在酒店大堂的摇椅上晃来晃去的画面，熊似乎正在和谁交谈。警察于是启动了远程监控，看到有十几只熊正躺在酒店会客区四周的长沙发上。警方立刻通知了护林员，后者自知这次不得不出手干预了。

他们没办法一下子控制这么多只熊，特别是如果它们像攻击伐木工人那样表现出极强攻击性的话。之前，对付那些对人类失去戒心并进入城区的熊时，他们会使用麻醉枪；但是这次，他们决定使用真枪实弹。然而即便如此，他们的队伍依然人数过少，无法保证行动安全。他们联系自己平时敬而远之的狩猎服务公司，向猎人寻求帮助。

在昏暗又吵闹的小公寓里，阿莉雅、加布里埃尔和克莱芒之间的关系偶尔会很紧张，动物们小心翼翼地不卷入他们的争吵之中。一切都显得太慢、太复杂了，况且，尽管阿莉雅和克莱芒打了些零工，他们依然囊中羞涩。

加布里埃尔觉得他们已经浪费了太多时间，他收集到了克莱芒所列清单中的大部分物品，尽管还缺少某些装备，但他认为已经做足了准备，可以出发去找他的姐姐了。阿莉雅很理解他有多么着急，但是她希望行动能万无一失。克莱芒给出了警告：道路没有做好标记，在森林中前行会很艰难，甚至很危险，何况他们不确定是否能指望全球定位系统导航。再者，即使能到达目的地附近，他们可能还得穿过峡谷，走过结冰的河，或者被迫绕远路。他们要有充足的准备，况且他们不仅要能到达拜尔斯顿，还得能和劳拉一起回来。

克莱芒和自由动物与自然组织的成员取得了联系，该组织由极具煽动力的动物保护主义者组成，其观念和活跃于法国的动物解放团体很接近。某天下午，他和该组织的成员见了一面。在会面前，他不得不同意对方采取一些在他看来很夸张的安保措施。对方极为谨慎，坚信自己正在被美国联邦调查局追踪。他们确实展开过几次轰动一时的行动，并因此广为公众所知，但与此同时，也引起了情报机构的注意。

各种激进组织与日俱增，情报机构因而忙得不可开交。和在法国一样，这些激进组织分成观点对立的两派，但是都非常坚决。其中一派有意让所有家养动物和野生动物都觉醒，另一派则惊恐地认为这是一种对大自然的破坏。一个月前，一些活动分子拿着携带觉醒病毒的猫粮、狗粮进入了一家售卖宠物的商店，感染了当时在场的大部分哺乳动物。之后，一些小型组织久久站在商店门前举牌示威，抗议这种“使动物变成人”的不道德行为。

一月底，一切准备就绪，三个年轻人决定出发。现在他们要做的，就是找到一种前往福克斯克罗夫特的交通方式。他们都没达到能租车的最低年龄要求。拼车是可行的，但是他们需要找到一辆足够容纳全员的大车，而且还是前往一个人迹罕至的目的地。

又等了几天，他们找到了一个刚在纽约签了合同要马上回福克斯克罗夫特附近的伐木工人，他在距离福克斯克罗夫特不远的地方经营着一家锯木厂。他喜欢狗，而且很乐意多载一只猫和一只灰鹦鹉。不过，由于不知道司机对觉醒的动物有何看法，动物们被摘掉了翻译器。小疙瘩被勒令即使没有翻译器，也不要试图交谈。

狩猎服务公司的车队从福克斯克罗夫特出发，其中六辆皮卡载着猎人，一辆载着护林员。这支队伍主要由男性构成，但有几名女性也坚持要加入。每个人都带着平时捕熊用的枪。他们的计划很简单：到酒店，杀掉入侵的动物，返回。他们没有真正了解现在的新态势：熊觉醒了。

猎人们来到跨越湖面的桥上，发现路被堆叠在一起的独木舟和渔船堵得严严实实。他们停车但不熄火，下来清理路障。这几人一心思索着为何会有路障，没有注意到身后发生了什么，只在几棵树轰然倒地、横在路中间时才猛然回头。随后，他们当中的一人从断口推断，认为这些树就像被河狸啃断的一样。这让他们不禁推测，熊利用了其他动物的劳动成果，但这实在不大可能。这番言论被当作是情绪激动的产物，被众人抛到了脑后。

皮卡现在被困在东倒西歪的树干和堆积起来的船只之间。扫清桥后的障碍可能要大费周折，似乎继续前进更简单一些，而且也可以去对付熊。猎人把面前的路清理干净，上了车，前往酒店。就在这时，一颗子弹射穿了其中一辆车的挡风玻璃，没有伤到人。随后的第二发子弹打碎了一个后视镜。第三发命中目标，击中了一个猎人的手臂。枪声来自酒店，来自二层的某个房间。有人把他们当成了靶子。

他们打开车门，躲在其后。受伤的人面色苍白，但还能走路，伤口不是很深。猎人和护林员感到很纳闷，这和他们原先设想的情况不一样。他们是来控制熊的，不是来开展军事行动的。他们在和谁对峙？环保主义者、犯罪团伙，还是如某些传闻所言的联邦调查局？尽管开枪者的技术不是很娴熟，但他们谁也不敢心存侥幸，寄希望于射手的笨拙。

几人又等了片刻。枪声停下了。一个护林员脱下他的浅色夹克衫，把它固定在步枪上，当作白旗挥动着，枪声没有再次响起。另一个护林员迅速溜去坐上头车的驾驶位，对方仍然没有反应。几个猎人也迅速上了车。他们从桥上通过，以最快的速度远离酒店。他们需要经由森林里的小路绕一大圈才能绕过湖并回到福克斯克罗夫特。一路上，他们既没有遇到人，也没有看到动物。

在酒店里，洛汗向射手们表示了祝贺。射手一共有三组，每组各由一只熊和一只浣熊组成，熊负责稳稳地端着步枪，浣熊负责瞄准和扣动扳机。它们能成功开枪，但是还不太会重装弹药。而且，它们缺少弹药。

第二章　二　月

《全球报》

在自由动物与自然组织及另一些动物权益保护组织的呼吁下，成千上万的个体（以人为主）在白宫前游行示威，要求无条件赋予已觉醒的动物投票权，并不论物种。

克莱芒仔细观察着沿途的景色，在视线所及的所有动物身上寻找觉醒的迹象；阿莉雅试着和司机交流；被拿掉了翻译器的小疙瘩在赌气；加布里埃尔在睡觉；糖糖随着马达的隆隆声晃来晃去；蒙田躲在汽车座椅背的后面，偷偷读着新鲜出炉的关于生物多样性的政府报告，这是它前一晚下载并打印出来的。旅途很顺利，只在汽车加油站短暂停留了两次，愿意让他们搭便车的伐木工人在那里喝了咖啡，吃了炸糕。

伐木工人选择了距离最短的路线：先上高速公路，然后走避开大城市的快速路。傍晚时分，他们到达了森林的边缘。又过了一会儿，伐木工人说，他们只剩二十公里的路程了，估计再过半个小时就能到达目的地。但是几分钟之后，临时竖起的牌子让伐木工人不得不减速，而且不一会儿，便只能跟在走走停停的车队后面往前挪动。伐木工人咒骂着那些发生了事故、不会好好开车的司机，咒骂着引发了事故的驼鹿，以及趁机给每个人开违章通知单的交警，但无论如何他们还是在前进。一小时后天黑了，他们到了关卡处，有三辆军用车辆横停在路中央，一字排开，一群士兵手持武器，身上映着强力探照灯的光。

看到他们身穿迷彩服，几个年轻人担心了片刻。森林里有军人？他们在找什么？加布里埃尔自问有没有一不留神在背包里装了违法的设备，但又觉得应该没有什么会给他们带来麻烦的东西。阿莉雅想到她装在包里的翻译器，也问了自己同样的问题。克莱芒暗自思忖，那些活动分子表现得那么疑心重重，或许是有道理的，他后悔在纽约与联络人见面时，没有就这一话题做深入讨论。

既然已经到了设置路障的地点，伐木工人就冷静了一些，跟他们说，那些人是国民警卫队的，他们可能要出示护照。伐木工人降下车窗玻璃，听站在路中间的士兵跟他讲话。与三个年轻人所担心的截然相反，警卫并没有搜查他们的车，甚至没让他们出示证件。警卫不能或者不想透露更多信息，只是提醒司机，在抵达城市之前，不要在中途任何地方停下。总之，警卫看上去忧心忡忡，而且不停看着路旁的人行道，就好像觉得会看到什么人或者什么东西从森林里冒出来一样。

加布里埃尔玩过战斗类电子游戏，所以对美国军队有一些了解。他向其他人解释，原则上，当城市里遇到骚乱或自然灾害时，国民警卫队会受命维稳和抢险救灾。而现在这里的情况，似乎不属于这两类中的任何一类。年轻人们立刻想到了动物觉醒引发的问题。

路障造成的耽搁让伐木工人很不快，在到达福克斯克罗夫特之前，他一直沉默不语。他把他们载到了预订好的小房子前，这是一个位于城市边缘、供游客居住的山区木屋。三个年轻人取下行李，和动物们一起目送皮卡远去，消失在夜色中。

驯鹿酒店湖边发生的事不久便传开了。当时在场的人先是彼此交流，然后和亲友邻里讲起，随后一传十、十传百，最终传到了记者的耳朵里，他们不得不回答记者的提问。

人们通过进一步调查，也弄清楚了几点情况。那次行动之后的第二天，护林员操控一架无人机到酒店上空侦察，想了解更多与神秘射手有关的信息。无人机被鸟儿击落，但仍提供了一些有用的画面，特别是其中一个画面显示，酒店的某扇窗户后面，有一只熊拿着一架步枪，注视着远方的地平线。

正是这张照片促使州长去向国民警卫队寻求帮助的。该消息原则上应该是机密，但几乎立刻就在网上传开了，随后，报纸、广播和电视台也纷纷报道。

最初，警卫队被委派了两个任务。如果熊出现了入侵城市的迹象，要保护城市免受其害；反过来，在确保发动袭击事件的熊不再构成危害之前，禁止任何人前往森林。

夜帝和科瓦蒂沿着河岸一路前进，离开了纽约及市郊。河畔被修整成公园，其边缘是一条简简单单的小径，正位于高速公路的下方。它们遇到的行人寥寥无几，而且那少数的行人为了避免滑倒，走路时眼睛紧盯着结冰的地面，完全没空注意拿着背包的浣熊和载着它的狗组成的奇特组合。

刚开始的几天，它们沿着高速公路前行，这是之前载着科瓦蒂的露营房车在旅途最后阶段走过的路。当夜帝筋疲力尽时，科瓦蒂从它背上跳下来，两只动物一起去往加油站，或者进入被高速公路穿过的郊区。它们要觅食，并找地方睡觉。夜帝的成长历程让它对这种生存方式轻车熟路，科瓦蒂则从未体验过这种生活方式。

之后，它们依然沿着浣熊所指的方向，离开高速公路，踏上了一条偏僻的道路，这个地区的地势更加崎岖不平，耕地逐渐让位于森林。能找到的食物更少了，大部分时间还得幕天席地，但科瓦蒂却感到越来越自在。它钻进农场的谷仓，偷来一些要风干的水果或者火腿。它还能从小溪的石头下捉到睡着的螯虾。它还会挑拣出最不苦、最容易消化的橡果。这些食物虽然营养丰富，但是夜帝并不喜欢。

有天晚上，夜帝记不清具体是第十二天还是第十三天了，它们在一块大岩石下的凹陷处睡觉，开始下雪了，这里可以让它们避一避。夜帝稍微刨了一个坑，以获得更大的空间，科瓦蒂铺上云杉的小树枝，以免直接接触冰冷的地面。

正当它们各自缩成一团靠在一起取暖时，它们听到了嗥叫声。它们惊得跳出了临时搭建的小窝。虽然声音似乎来自很远的地方，但它们脊梁上的毛依然竖了起来。

“狼！”夜帝着急地说。

“什么？”科瓦蒂从未见过狼，但仍然惊恐万分。

“很大的野狗，”夜帝回答，“很危险。”

它们在漆黑的森林中抬起鼻子，苦苦嗅了半天，没有觉察到任何可疑的气味，最终还是回到了窝里。它们睡得并不安稳，中途醒了多次，每次醒来时，都尽己所能去感知气味，但始终一无所获。

清晨，天刚蒙蒙亮时，夜帝惊醒了。它整夜都在戒备的味道就在那里，很强烈，令它非常不安。狼在附近。夜帝闻出还有其他更为强烈的气味，但是它分辨不出。它听见狼在说话，听懂了几个词，它们和美国的狗所用的语言差别不大。所以，这些狼也觉醒了，但是它们的危险程度会因此降低吗？夜帝想，它明白了它们正在此地等待着更为浩荡的狼群，而这些狼只是这个规模超大的狼群中前来先行探路的。

正当狗在想它们藏好没有的时候，科瓦蒂惊醒了。它闻到这股未知的气味离得如此之近，顿时惊慌失措。它尖叫一声，跳出洞来，以最快的速度窜上了离它最近的一棵树。那是一棵高大的松树，最低的树枝距地面也有十几米。它爬到这个高度停下，俯身观察地面上发生了什么。

狼听到动静后立刻警觉，很快便发现了缩成一团躲在小窝里的夜帝。一只毛色浅灰的公狼一边低沉地嚎叫，一边缓缓靠近夜帝，它张开大嘴，露出獠牙，狰狞地笑着。

“你找到什么了？”它身后的一只母狼问。

“看体型像郊狼，但是气味不一样……是一只狗！”

“狗？杀了它！”

狼低着头，气势汹汹地走来。夜帝正半蜷着身子，被岩石堵住了后路。夜帝知道自己这样坚持不了多久。它突然一跃而起，向前冲去。狼被吓了一跳，后退一步，止住嚎叫。在同伴的嘲笑之下，狼重整旗鼓，再次压低上半身，朝夜帝走去，对着它张开血盆大口。

“它想干一架吗？这样它只会死得更慢、更痛苦而已！”

这只狼没在跟夜帝说话，而是在跟同伴们说话，因为没有任何一只狼会想到夜帝能听懂。其他狼围着对峙双方站成一圈。它们没有出手干预，因为那是中间那只作为代表的狼要应对的冒犯。无论如何，它们的阵型都不会让狗有逃跑的机会。

夜帝试图解释它为何出现在此，但是它的短短几句话全被围观狼群的嚎叫声淹没。突然，灰狼发动进攻。夜帝躲开了，但是肩部传来一阵剧痛。它开始回击，把牙咬得咯咯作响。现在，战斗双方一边互相围着打转，一边怒吼。狗比狼体型小得多，但更加敏捷。而且，和狼在冬天获得的少得可怜的口粮比起来，狗的营养摄入要更为充足。

然而，哪怕夜帝体能再好，也无法和身经百战的成年大狼匹敌。狼做出用牙咬的动作。夜帝本能地退了一步，又立刻定住，以免被逼到其他狼的爪下。狼立刻发起攻击，夜帝被掀翻，摔到一边。狼用利爪抵着狗的脖子，开始用力捏紧。

这时，科瓦蒂大喊："不要！"

所有狼都惊愕地抬起了头，摁着夜帝的狼也松了爪子。夜帝趁这片刻的安静大喊起来，由于被狼咬伤，它的声音支离破碎："我有消息要告诉你们！"

狼摇了摇头，又开始撕咬。夜帝拼尽全力抵抗，试图把狼推开，抓狼的肚子。它感到狼就要咬破自己的喉咙了。它无法呼吸，视线开始变得模糊，正在这时，它突然听到另一只狼威严的吼声："坏家伙！停下！"

狼立刻听命。它抬起爪子，张大的嘴停在了一个不会让夜帝窒息的位置。夜帝看到，介入的是一只高大且身材修长的狼，毛色很浅，近乎白色，头上和背部有一些深色的毛。在它黑色的眼眶中，那双黄色的眼眸透露出充满戒备的好奇。它的冷静与周围观战的狼群的激动形成鲜明的对比。它身后还跟着几只狼，正耐心地等待它发号施令，它显然是狼群的首领。夜帝还闻到了另一种气味，是它前一夜已感觉到，但一直未能辨别出来的气味。倘若它不是已危在旦夕，那种气味一定会令它不安。

狼王问它："你想说什么？"

夜帝试图回答，但被满口尖牙的大嘴抵着，它只能勉强挤出一些含糊不清、难以听懂的音节。

"放开它。"狼王转向坏家伙，命令道。

坏家伙松开口，在后退时沮丧地哼了一声。夜帝艰难地站起来，依然头昏眼花，脚步踉跄。它还没开口讲话，狼王就又补充了几句，似乎既在跟包围着它的狼群讲，也在对狗说："我不喜欢狗。它们的气味和我们的很像，语言和我们的很像，但它们不是狼。它们是人类的奴隶。它们中有一些只是聒噪的可怜鼠辈，另一些则是我们的敌人，而且是死敌。"

然后，它对夜帝说道："你没有跟着任何人类，你没有叫嚷，你勇敢战斗，而且你可能……觉醒了。"

夜帝没有完全听懂，但是狼的用词和它的很接近。"是的。正因如此，我带来的消息会让你们感兴趣。"

"好，晚些时候再跟我讲。天快亮了，我们得睡一会儿。全体休息！"它向狼群吼道。然后，它又转身对夜帝说："如果你愿意，可以让你的浣熊朋友回来了。"

“呃，我不知道你在说什……”

“别担心，我们不吃浣熊！”狼王转了回去，对其他狼说：“你们盯着点，但不要杀它，至少不要马上杀掉它。”

低沉的嚎叫声从狼群中传来，这让夜帝放了心。它争取到了一点儿可怜的时间。一只跛脚的小狼阴着脸撞了它一下：“让开，小不点儿狗！”

夜帝龇牙低吼：“我是夜帝，是‘自由之犬’！”

下午，被战斗耗尽力气的夜帝在冷杉下打盹儿，周围是正在睡觉或玩耍的狼。没过多久，传来一声陌生而有力的低吼，伴随着一阵气息，好像有一只体型巨大且非常年迈的狗走进了森林。夜帝醒了过来。它睁开眼睛，看到有一张大嘴在它眼前晃着，它惊得一下子跳了起来。原来是一只灰熊，它好像和狼待在一起很自在，并且决定来闻一闻狗。熊坐着，发出一连串断断续续的声音，如果夜帝不明白灰熊只是在笑话它的恐惧，一定会被这声音吓到。这只熊有一种很独特的幽默感。

一只嘴部长满白毛的老母狼靠近夜帝，让它跟自己走。母狼叫智者，因为它总是慷慨地给所有狼提出建议，不管它们愿不愿意，这是夜帝后来才明白的。攻击夜帝的狼叫坏家伙，因为它动不动就会找借口与其他狼决斗，希望借此提升它在狼群中的阶级地位，只是截至目前还没有太大成效。至于狼王，名叫追客，因为早在觉醒之前，它就曾为捕食追了一头野牛两天一夜，然后独自打败了野牛，将其咬死。

追客提出要跟夜帝谈谈。卧在松针铺垫上的它显得很平静，近乎友好，但是语气仍然专横：“所以，你觉醒了！而且没跟着你的主人……兼保护人！你在这里会没命的！”

“我没有主人。我是自由之犬。”夜帝回答。

“它们也是这么跟我汇报的，我觉得很好笑……不过，你最好还是跟我解释一下你来森林里做什么。”

“来找劳拉。”

“一个女人？”

“是的。这很重要。这对你们……以及我们而言，甚至是关乎生死的事。”

夜帝告诉了追客这个年轻女性在它自身及狼群的觉醒中扮演的角色。狼王认真听着狗讲话。它明显感到这只狗与其他狗不同，但又并不完全抱持信任。无论是在它觉醒前还是觉醒后，所有与它打过交道的狗，都服侍着人类，就好像和人类同属一个物种似的。不过，它不能擅自做决定。尽管身为狼王，它还是要听取狼群中的决策层——元老院的意见。

第二章　二　月

劳拉终究不得不开始工作。新实验室的安全等级如此之高，让她在这一点上再无据理力争的余地。因此，如果她不想激怒豹惠，就必须有些进展。从现在开始，她在拜尔斯顿暂住期间的生活质量取决于她的研究进展。

保罗·杰弗森的这位女助手豹惠也好好思考了一番，得出的结论是，问题包括两个不同的方面。当然，一方面要让已经觉醒的动物回到它们原先的状态，另一方面还要考虑其他那些尚未被病毒感染的动物，要防止它们发生转变。所以豹惠曾强烈建议劳拉在两个方面同时推进，攻克难关，即同步研发杰弗森所要求的抗病毒药物和预防未被感染动物觉醒的疫苗。

实验室旁边是实验动物房，豹惠在那里准备了不少已觉醒的老鼠和未被病毒感染的老鼠，全部供实验使用。劳拉需要用十五天的时间来制造抗病毒药物的物质基础。她使用了和第一次制造出的病毒一样的包膜，因为其有效性已得到证明。然后，她把可能会阻断觉醒基因的精密而复杂的物质注入其中。同时，她开始研发豹惠要求的疫苗。

劳拉穿着全密闭式防护服，小心谨慎地一步一步推进。在开展合成抗病毒药物的小鼠测试之前，她为了测试药物危险性，先用自己的细胞做了细胞培养，用以进行初步验证。短短几分钟后，与使动物觉醒的基因相对应的基因被阻断。她的抗病毒药物非常有效，以至有可能让人的智商降低。尽管尚不确定作用于整个机体是否会产生一样的反应，但是这太让人担忧了！她向豹惠展示了实验结果，豹惠认真研究了各项数据，然后对她说："您要想办法保证您的抗病毒药物只对您最初改造的那个病毒的人工合成基因起作用……而不是我们的基因！"

劳拉表示赞同，但不是所有可以想到的预防措施都能保证抗病毒药物的安全性。一旦被释放到大自然当中，它将到处传播，还可能进入人体。人造病毒是强大的工具，但难以驾驭。另外，对觉醒动物的后代而言，那些基因已不再是"人工合成"的了。其实，从第一代起，它们就已整合到动物的细胞中。因此，已觉醒的雌性动物所生的后代可能对她的抗病毒药物完全免疫。

所有这些不确定因素都促使劳拉去深入钻研这一问题。她想先自己搞清楚，在抗病毒药物研制成功和失败这两种情况下，分别可能会发生什么。在面对杰弗森和豹惠时，她所有可能的发现或许都能成为谈判的筹码。

第二章　二　月

主路上的一些酒吧以北美驼鹿的大鹿角和钉在门面上的鹿作为招牌，另一些酒吧则在人行道上摆上风格粗放的木雕，雕的大多是以攻击姿态站立的熊。“看来顾客主要是猎人。”外出寻找情报的加布里埃尔自言自语道。他随便选了一家酒吧，走了进去。在户外时，积雪的路面非常明亮，他花了一分钟才适应酒吧室内的昏暗。墙上装饰着熊头和鹿头标本，正无力地见证着客人们正在进行的谈话——狩猎故事。加布里埃尔到吧台坐下，旁边是一个身穿橙色荧光马甲、正在喝啤酒的高大男人。男孩开始搭话：“嗨！您是在马路上工作吗？”

男人一脸惊讶地转向他：“不是，为什么这么说？”

“您的衣服……”加布里埃尔一边回答，一边用手指指着他的马甲。

“当然不是，这个，是打猎穿的！”

“这算不上是真正的伪装服吧！”

“你能看见，我的朋友们也能看见，但是熊看不见。它们不太能辨认出橙色，这在它们看来差不多是灰的。反正大家都是这么说的……”

“啊，这样啊。那您这是要去打猎？”

“我刚打猎回来。我在外面过了一夜，先来喝上一杯再回家。他们也一样。”猎人指着一群倒在桌子前面容疲惫的男女，如是说道。

“您冬天还打猎？”加布里埃尔惊讶地问，“而且还是在夜里？”

“不是，”猎人叹了口气，“不是真正意义上的打猎。只是熊惹出了点儿事。”

看到加布里埃尔抬了抬眉毛，他补充说：“深山老林里发生了好多次熊袭击人的事件，还闹出了人命。再有就是，驯鹿酒店湖边的事儿。护林员想搞定熊，结果被枪击了，还不知道是谁干的。而且现在，熊还在离城市不远的地方随意出没。这些都不正常。熊一般不会杀人，而且不会成群结队。况且无论如何，冬天它们应该在冬眠的。”

为了解更多的情况，加布里埃尔解释了自己来此地的“原因”：“我来找我的姐姐。一星期前，她从这里出发，和朋友们去远足。之后就再没有消息了。他们应该一直走到卡塔丁山再回来。您认为我到得了那里吗？”

“应该可以，但是不能一个人去，而且得做好武装。”

“我有辣椒喷雾器。”

“对付那些野兽，这可不够……你需要一支步枪，或者起码有一支手枪。”

“我不是美国人，我买不了枪。您知道我怎么才能……”

“才能怎样？”猎人笑着调侃，“我把我一个朋友的地址给你。他在皮斯卡特奎斯旁有个仓库……皮斯卡特奎斯河边。”看着加布里埃尔疑惑不解的表情，他补充了一句：“他应该能帮到你，而且不会要太多钱。你跟他讲是我介绍你去的。我叫迈克尔。”

北美驼鹿的觉醒

有人类……气味很弱，没有危险。

这倒是新鲜。还未见人影，这股气味就让我脑海中浮现出人类的身影。他们的气味极其微弱，我只能勉强分辨出来。他们在我脑海中的身影很小而且很模糊，就好像他们身在很远的地方，不会造成伤害。

不，不是完全不会造成伤害。确切地说，是还没有造成伤害。

我身后有一声脆响！

一阵不安袭来，让我脊背上的毛竖了起来。但与此同时，我意识到我没察觉到任何有危险的东西，而风正好从同一方向吹来。原来是虚惊一场，大概只是一只无关紧要的小动物或者一根自己断掉的树枝。

*

我看到了雄鹿的尸体，我孩子的父亲的尸体。它死了，被凶兽吞食了，我闻出来是熊的味道，不过它们通常不会来找我们的麻烦。

熊现在成群行动。这样一来，就能捕获最强壮的雄鹿。而我，只能孤零零地和我的孩子在一起。

我看到其他动物变了，我也是。雌鹿、雄鹿、浣熊发生了改变，不过它们都单独行动。真正发生巨大转变的，是凶兽。熊，可能还有狼，我昨天夜里听到了狼嚎。这让我想起了一件藏在记忆深处的往事。当时我正在母亲身旁睡觉，被同一种让我胆战心寒的嚎叫声吵醒。母亲用头推了推我，我们逃走了。之后，这些叫声从我的世界消失了。而现在，狼回来了，我不知要去往何方。

*

森林里的人类越来越多。熊、狼、人……森林里容不下我们了，容不下我和我的孩子了。

连那些高大的雄鹿也死了。

*

如果把我们杀光，它们还能吃什么呢？它们真的思考过这个问题吗？

*

从前，这一切也令我不安，但我对此毫无意识。我变了，我也不知道为什么，现在这些可怕的念头纠缠着我。

这些想法没有一点儿用处。如果我不得不承认自己的无能为力，那么拥有了意识又有何好处？我要逃走，一如既往地不停奔逃，但是我现在明白了，我的一生只是一场无望的逃亡。

*

我于三天前觉醒了。

三人组计划先在福克斯克罗夫特停留几日，敲定此次远行的最后一些细节。三个年轻人确信，解救劳拉的机会只有一次，要出其不意、攻其不备。他们担心，如果初次行动以失败告终，会促使杰弗森加强防卫。由于目前为止他们只和他的两个手下打过交道，他们猜想这位沃夫公司的大老板应该不会雇佣一整支军队来看守劳拉，不过他们对此没有把握。蒙田负责先去探探情况，核实这一点。

不管是飞去还是飞回，它单程需要飞八十多公里，这还只是直线距离，没有算上飞行过程中会拉长距离的意料之外的绕道。按照阿莉雅的估算，它的巡航速度大概是四十公里每小时，因此它往返应该至少得飞四个钟头。灰鹦鹉在出发之前饱餐了一顿，吃了不少种子和干果。阿莉雅给它缝制了一个非常轻便的小包，装着些食物，它可以把包紧贴肚子带着，这份额外的重量可能会让它速度减慢，但是反过来，能让它坚持飞得更远。

日常的训练使蒙田的能力逐渐有所提高，这让它感到庆幸。但它从未飞行过这么久，还是在这么恶劣的条件下。蒙田不喜欢寒冷，并且讨厌雪。它计划在累的时候停在树上歇一歇，这样就不必落在冰冷的地面上了。

蒙田飞走后，阿莉雅也出了门，为了优化她准备的地图，她打算搜集更多与森林道路有关的信息。缅因州国家公园旅游信息中心每周五下午开门，为准备远足的游客提供咨询。一个面带微笑的女护林员接待了这个年轻女孩："您想远足到拜尔斯顿？那里可没什么好玩的！"

杰弗森的宅邸被国家公园环绕，但并不属于国家公园，这也就解释了为什么国有森林护林员对这个地方没有兴趣，何况他们负责管理的区域已经够辽阔了。护林员说，差不多一个世纪之前，在修建房屋的时候，确实开辟了一条小路。但那条小路早已荒废，如今上面长满了林木。她俯身看着地图，用手指画出一条从福克斯克罗夫特出发的路："要是开车出城，您可以走公园里的路。但是之后，就得步行了。森林里往往草木茂密，您得绕开最杂乱、最难走的地方。真正的难题在湖区。"她着重指出小镇和拜尔斯顿之间长长的蓝色斑点，补充道，"通常在这个时期，可以从冰面上走过去，但是今年这样做太危险了，就算是有冰的地方，冰面也太薄了！"

她扭头看向阿莉雅，继续说："不过无论如何，现在是不可能的了。公园里的道路对游客甚至本地居民都封闭了……"她沉默了片刻，才补充了一句："因为有熊。"

"它们一直在那里吗？"阿莉雅想套出些有用的信息。

"不会持续太久的。我们这儿经常会和熊打交道，但如今这种情况，还真是前所未见。它们当中，可能有几只老熊习惯了过来翻垃圾桶，走出森林来找吃的。这些家伙对人类一点儿也不害怕，可能会很危险。至于其他的熊，我不太清楚……总而言之，我们会抓到它们的，会把它们送到很远的地方。”

“我听说了熊袭击人的事情……”

“它们的行为确实有点儿反常……可能是因为在这个时节，它们本应该冬眠的。可由于气候变暖，今年冬天这么暖和……它们醒得太早了。”

“您不觉得，更确切地说，它们是……觉醒了？”阿莉雅问，她知道，她触及了一个敏感的话题。

“觉醒？当然不！对于城里的动物而言，觉醒倒还好。但这里的动物是野生的、野蛮的……而且将永远如此！”

这一趟，阿莉雅不是很满意。当她回到小木屋时，看到刚回来的蒙田已筋疲力尽。它从拜尔斯顿的房子上空飞过，透过窗户没看到任何人。它本想试着飞进去，但是门窗全部紧闭。它也没看到监控装置。它知道这种设备可能会很隐蔽，所以没有一味坚持，以免引起某个潜在监视者的警觉。不过在返回途中，它看到了一辆雪地摩托车朝房子方向开去，它认出驾驶员应该是杰弗森的一个手下。它提议，等过几天，等它从这次费力的飞行中恢复过来，就再试一次。

这一切都令人沮丧。对于阿莉雅而言，压倒骆驼的最后一根稻草来自加布里埃尔。过了一会儿，他像往常一样回来了，神秘兮兮地拿着一个包裹。他把包裹放在桌上，拆开外包装，露出一个纸盒。他把盖子拿下。

“很帅吧？”

盒子里装着一把手枪，短小精悍而又咄咄逼人。

“你疯了吗，你要用它干什么？”阿莉雅发火了。

“不然怎么对付熊？你也听说了现在的事。要想进入森林，我们必须有武器。”

“我们的问题已经够多了，你又来添麻烦。试想一下，你要是伤到我们当中的谁怎么办？”

“只要瞄准就好了！”

“这太危险了。你这样是救不了劳拉的……”

“你一点儿都不在乎的吧。毕竟不是你的姐姐……”

“你怎么能这么说？！我跟着你一路到了这里，就是为了她……还为了你。”阿莉雅眼里噙着泪，感到又疲惫又失望。

加布里埃尔停了下来，看着自己的朋友：“抱歉，我不该这么说。但是我不能再干等着，什么都不做了。”

劳拉走出房间，来到露台。天气很好，万里无云，她结束了整整一上午的工作，上楼回到房间，想晒晒太阳。太阳离地平线不远，但还是能让房子外面暖和起来。她躺在躺椅上，闭目养神。她听见屋顶薄薄的积雪下有水在流淌，滴答滴答地落到地面。

意料之外的嘎吱声让她睁开了双眼。在她的面前坐着一只浣熊，正疑惑地看着她。至少，对于它这种完全没有戒心的姿势，她是这么解读的。她开始跟浣熊说话，就像曾经和糖糖或者小疙瘩说话那样，这让她自己也吃了一惊：“你来这里做什么？你进得来，但是出不去了，是吗？”

浣熊看着劳拉，摇了摇头。

“不是，不是这样？你是特意来的？”

这次，浣熊点了点头。

“我觉得你已经觉醒了，而且能听懂我说话，是不是？”

动物做了同样的动作，同时小声尖叫了一下。

“这个的意思是‘是’？”刚开始，劳拉不自觉地用了法语。之后她试着用英语说话，发现浣熊还是能听懂。大概这只动物经常去本地区使用双语的村庄，所以对两种语言都很熟悉。“你想要什么？想要吃的吗？”

浣熊摇头表示否定，同时发出了另一种更低沉，也更长的叫声。

“好的，这个的意思是‘不’。我很快就要在浣熊语上大有长进了！”劳拉稍带自嘲地笑了笑，自己竟尝试和这只毛茸茸的小动物交流，而且它不仅不怕自己，甚至好像还很友好。“你们这里很多动物都觉醒了吗？”

浣熊表示同意，说了一句很长的话。劳拉当然什么也没听懂。“我们这样子是行不通的。我问你一些明确的问题，你回答我‘是’或者‘不是’，好吗？”

“好。”

“好的。你有名字吗？”

“有。”浣熊回答后，还发出了一种新的声音。劳拉尝试学着发出这种声音，结果惹得浣熊从喉咙发出一连串小小的声响。

“拜托，请不要笑话我！我呢，叫劳拉。”

“嗯。”

“‘嗯’是什么意思？你早就知道了？”

“是。”

“谁告诉你的？”

又是新的一串叽叽喳喳、咯吱咯吱的尖锐叫声。

“好的，我重来一遍。是人类告诉你的吗？”

“不是。”

劳拉思考着，突然格外好奇。加布里埃尔或许已经来了，正在附近的某个村庄里和小疙瘩或者糖糖在一起。她继续问："是一只狗吗？"

"不是。"

"是一只猫吗？"

"不是。"浣熊张开双臂，想让自己看上去更大一些。

"是一只很大的动物……一只熊？"

"是。"

"它跟你说了什么？它想要什么？"她停了下来，思考着怎样提问才能多问出些信息。浣熊看着她，用爪子很夸张地比画着，很明显是在肚子上横着抓几下的动作，然后，它躺倒在地，双臂交叉成十字形。它随后立刻站起来，盯着劳拉。年轻女子大吃一惊："它想……杀了我？"

"是。"浣熊没再等她提出新的问题便跳上护栏，沿着石墙下去，快得像从树上蹿下去一样。它一跳一跳地穿过了草地，没入森林深处。

每天夜里，狼群都会自由地驰骋几十公里。到了白天，它们就会睡觉，或者离群去捕食一些小动物。还有一些狼试图进入冬季无人的山区木屋，这些掠夺成性的盗贼有时会在那里找到不少食物。同行的灰熊在开门方面成了专家，让狼也可以坐享其成。

夜帝一直载着科瓦蒂，艰难地跟着狼群。每晚，夜帝都会被落在后面，并用夜里剩下的时间循着它们的踪迹追上去。赶上狼群之后，它就找一个干燥、挡风的隐蔽处休息几个小时，再去找晚饭吃。科瓦蒂效率很高，可以毫不费力地找到一些三明治和炸糕，塞进它的小包里带回来给夜帝。

狼群行进的节奏让夜帝耗尽体力。它并不确定是否真的喜欢狼的观念，比如它们成群生活的习惯和对狼王几乎无条件的服从。但是它也衡量过，这个群体中的每一只狼，都从兼具侵略性与热情的同伴那里获得了好处。狼群的狩猎成果直接取决于它们的集体行动。单独行动的狼无法活得长久，除非它心甘情愿地只吃青蛙和蛞蝓。愈发被排斥在外的狗也想学习狼嚎，它能领会到这种仪式有让狼群团结一心的作用，但是，它得到的回应只有一些恼火的低吼。

当它进城翻垃圾桶的时候，它没有被立刻驱逐，应该也归功于它的外表。它是一只不折不扣的狗，而且狼时刻在提醒它这一点。大多数狼会公然鄙视它，将它视为一种劣等狼，叫它“小短腿”或者“耷拉耳”，这让它很生气。但它又无法表示抗议。它很清楚自己如今命悬一线。

只有追客和智者意识到了狗所掌握的信息有多重要，并同意与之交谈。一天晚上，狼群刚出发时，夜帝接近老母狼，问它为何要前往东方。

“我们原先所住的森林被大火烧毁了。那里已经一年多没有下雨了，一场雷暴就能点燃树木、荆棘。总之，那个地区越来越干燥，猎物也几乎都消失了。”

“但为什么要到这个人很多的地方呢？”

“我们听说，朝日出的方向走，能找到一个广阔而舒适的国度。我们本想去影子最短时所指的方向，但在那里，我们跟以前没见过的白熊发生了冲突。它们自己也很难在森林里捕到猎物了，所以禁止我们待在那里。我们试过反抗，但是它们很厉害，我们折损了好几个同伴。在日落的方向，我们被黑熊驱逐。它们和人类有协议，共同瓜分鲑鱼河。它们不想再在自己的领地看到狼。它们甚至还组织了起来……”

一只几乎毛色全白的小狼正好跑在智者旁边，它插话进来：“如果这些熊愿意，本可以完全清除人类的。这样我们也就能和它们好好相处了。”

“不会的，”一只身上有许多灰色斑点、略微跛脚的老狼加入了对话，“我们永远不可能和它们好好相处。它们不懂什么是群体，它们不承认首领的权威。”

“它们只要一有机会，就会偷走我们的战利品，我们追捕和杀死的猎物。”追客的一个副手补充道。

“它们崇拜母熊祖先，也就是它们所谓的远古的祖先。”跛足者冷笑着说，“和这些大傻瓜结成联盟是不可能的。”

“也许会走到那一步的。”智者说，“在我们要去的那个地方，究竟会找到些什么，我们一点儿也不清楚。”它转身朝向夜帝，补充道：“我们不是非要找一块领地。我们喜欢远游。我们得能到处走动……特别是，能到处捕食！”

狼听说日出方向有成群的驯鹿和其他鹿，便启程前往，希望有朝一日能抵达某个美好的乐园。它们和森林里其他已经觉醒的动物一样，只了解自己周围的环境，对于世界上的其他地方只有非常模糊的概念。和城市里的动物不同，它们没有办法接触到电视节目持续不断输出的大量信息。它们几乎不和人类打交道，除了自然公园里密切观察它们的护林员，以及一有机会就诱捕和杀掉它们的猎人。

过了一会儿，一直载着科瓦蒂的夜帝落到了队尾。夜帝再次上前接近老母狼，问它：“那么那两只灰熊呢，它们为什么在狼群里？它们也被驱逐了吗？”

“没有，谁也不敢这么做。它们之前想把影子最短时所指的那个方向上最冷的地区划为自己的地盘。但是它们和白熊闹出了些矛盾。这听起来让人难以相信，但事实就是如此。它们想跟着我们，所以就来了。世界如此难以预料……我们拦不住它们。”老母狼无可奈何地补充道，“这并不是真正意义上的联盟。但是，它们对我们没有敌意。它们说想找一个未被占领的地方定居。实际上，我认为它们只是想四处走走……”

杰弗森面色阴沉地研究着堆在他办公桌上的那叠报告。那是他要求下属就疫情在各品种母牛中的蔓延态势出具的详细报告。他说道：“看起来，海福特牛和荷斯坦牛还没有觉醒……但是也只剩这两种了。”

“那长角牛呢？”豹惠问。

“得克萨斯州长角牛几乎全都觉醒了……而且相当有攻击性。它们的牛角很长，一旦它们逃离，牧场主就不愿再去找了。”

“那么您有什么建议？”

“让它们听天由命吧。我们替换上没有觉醒的牛。”

“海福特牛可能不适应得州的气候……”

“如果有必要，就让海福特牛和长角牛进行杂交改良。我们还留有一些未觉醒公牛的细管精液。无论如何，我们的牛肉产量会下降，所以我们还能卖得再贵些……”

“不过还有一个问题，”豹惠说，“要使消费者相信我们卖给他们的肉没有感染病毒。”

“是的，我们大概需要一个不容置疑的权威机构来为我们的肉品来源作担保。”

豹惠想了想：“您认为有可能让已经觉醒的母牛加入我们的计划吗？”

“我不知道它们会不会同意。我们能为它们提供什么有吸引力的条件？”

“让它们能活命！如果不能杀它们，谁会给它们继续提供食物？您觉得它们能独自荒野求生吗？”

“您说的有道理，私下派谁去问问长角牛吧。”杰弗森看着正在记录指令的助理豹惠，换了个话题，“您和古皮小姐那边进展如何？她适应缅因州的气候了吗？”

“她已经开始干活了，估计我们很快就能拿到成果了。”

“很好，但是如果她不能尽快拿出成果，我们就必须重新考虑她的处境了。要是我们能适应危机，她研制的抗病毒药物就毫无价值可言了。”

“除非那些还没觉醒的品种最终也感染上病毒！”

杰弗森眉头紧锁，思考了片刻：“这样问题会变得更加严重，沃夫会严重受损。至于古皮小姐，如果她那边没有进展，那她就是在拿自己的未来做赌注。我们不会再把她留在拜尔斯顿，也不会再把她送回法国。您明白我的意思吧？”

“明白。”豹惠表示同意。

劳拉不再踏足屋外的露台。与浣熊的“交谈”让她心神不宁。在此之前，她从未如此近距离地了解到疫情蔓延的态势。尤其是，她无法理解为什么有一只熊想要取她性命。她很清楚这次会面并不是在做梦，但后来又觉得或许是自己没有理解那只动物的意思。然而，劳拉几经思索，确定它表达得很清楚、很肯定。

如果浣熊和它口中的熊知道她的存在，那么知情者应该不止它们两个。有谁告诉了森林里的动物她在这里。可是，会是谁呢？她在脑子里把各种可能性过了一遍。杰弗森？他没有任何理由去和动物商讨，再说他也不是那种人。她一边自言自语一边忍着笑，想象在森林里积雪的空地上，他坐在一张桌子前，周围是熊、浣熊和河狸的画面。

另一种假设是，法国的动物以某种未知的方式，通知了美国的动物……是鸟、海豹，还是鲸鱼？不，这些都太荒唐了。更有可能是随着主人横跨大西洋的一只狗或者一只猫。她对现行的管理条例不太了解，不过由于动物的觉醒，出入境管理可能已变得更加严格了。如果加布里埃尔来美国找她，应该能成功带上小疙瘩或者糖糖，甚至把它们两个一起带上……可能的情况太多了。她完全不知道加布里埃尔在做什么……

如果他真的到了美国，成功进入了森林，他可能会拜托野生动物帮忙找到她，帮她逃出实验室。那么，为什么熊会想杀她呢？这也太不合逻辑了……劳拉苦苦思索，终于找到了原因：它们想阻止她研制出抗病毒药物，并且为了达到目的，已经做好了除掉她的准备。它们完全有能力做到。加里跟她讲过他所掌握的信息，已有伐木工人被疯狂的熊群杀害。她必须把事情说明白……她必须跟浣熊解释清楚自己的处境！

既然之前是在露台碰见浣熊的，劳拉决定再到那里去碰碰运气。但露台上冷冷清清，森林的边缘也没有任何动静。傍晚时分，夕阳让空气暖和了一些。劳拉坐在长椅上，想享受一下这种初春般的氛围。空气中的一阵窸窣声，让一直沉浸在思考之中的她回过神来。一个身影遮住了太阳。是一只鸟……是一只鹦鹉……是蒙田！灰鹦鹉停在她旁边的护栏上：“亲爱的劳拉，很高兴见到您，您看上去身体很健康！”

“我也很高兴见到你，蒙田！而且我猜你不是单独来的。所以你们成功找到我了！”

“是的，大家都来了……噢，他们现在正在福克斯克罗夫特，在南边，如果按鹦鹉飞行经过的距离，也就是直线距离来算的话，到这里有八十公里。这是我第二次飞过来了，第一次来时我没能见到您。您的弟弟和他的朋友们正在为远行做准备。事情有点儿难办，因为现在镇上一片混乱……”

蒙田向劳拉描述了福克斯克罗夫特如何遭受着来自熊和国民警卫队的双重冲击：“我向您保证，我们会找到解决问题的办法的……您这边呢，关于看守员的情况，包括他们的人数和习惯，可以跟我说一说吗？”

劳拉把她从某些人员的时间安排中得知的少许信息告诉了蒙田。她还向它说明如何帮助她逃跑。如果有一根结实的绳子，她估计可以沿着绳子爬下去，逃到崖底的空地上。然后，她跟它讲了和浣熊见面的事，以及浣熊所说的威胁。

“所以，不能让熊发现我们。如果国民警卫队出动，应该能拖住它们。我会跟其他人说的。您这边，夜里不要拉上窗帘。等我们到了附近，我会先来通知您。还有……”蒙田犹豫了一下，“我实在不太好意思向您提出这个请求：您有没有种子或者饼干？我回去的路上还要飞好久……”

第二天，蒙田从漫长归途的劳顿中恢复了过来，便决定绕着森林上方环视一圈，以确定熊的位置，衡量它们可能形成的组织的情况，至少也要了解一下它们是否如传闻所言，距离福克斯克罗夫特很近。

飞了几分钟之后，它听到从某个小山谷中传来一阵哀嚎，位置距离人类在城市边缘建造的房子不远。它俯冲下去，停在枫树的一根树枝上。树枝距离地面有十来米，上面的叶子已经脱落。在一个蓝色的大塑料桶旁边，有一只熊正在愤怒地扭动着。蒙田小心翼翼地接近，看到那只动物被一根金属材质的绳子拴在了树干上。它被放在树洞里的种子和炸糕吸引过来，触发了猎人设下的陷阱。

熊似乎没有觉醒，但是蒙田无法放任其听天由命。它飞回住处，通知了几个年轻人。他们一致同意去尝试解救那只熊。克莱芒在库房的一堆园艺工具中找到一把钢丝钳带在身上。蒙田给他们带路，小疙瘩和糖糖也跟着一同前往。还没走到那里，他们就远远地听见了熊充满怒气的低沉吼声。

熊的左前掌被一个非常简易的金属绳套束缚着，挣脱不开，它越是用力，反而被勒得越紧。加布里埃尔惊呼：“我在一家狩猎用品商店的橱窗里见过这个装置。我当时还不知道它是干什么用的！”

这个捕兽器并不像人们通常想象的那样，有很多锋利的锯齿，专门用来咬住动物的爪，使其动弹不得。那种粗鲁且残忍的装置早已被禁用。但这个原先用来抓兔子的简易绳套也完全发挥了作用，那只不幸的熊现在正被困在一棵树旁。由于这棵树过于高大，熊无法将其推倒。

“熊，不要害怕！我们这就来放了你！”克莱芒说道。

“不如用英语试试。”阿莉雅说。

然而用英语也没起到任何效果。熊好像没听懂，也可能听懂了但不愿意表现出来。它还是一直在吼叫，发出各种没有明显句子结构的声音。

原本停在树枝上的蒙田飞了下来，落在地面：“我不确定它觉醒了没有，或者是在觉醒过程中。但它还是让自己被一个相当简陋的圈套绊住了。”

克莱芒想尽快采取行动：“我们不能坐视不管。等猎人回来取下绳套，就会杀了它。”

“但是要怎么接近它？它看上去很愤怒。”阿莉雅想到要直面一只怒气冲冲的熊，就感到十分害怕。

“我们从一侧吸引它的注意力，同时在另一侧用钳子尽量在靠近熊掌的位置把绳子剪断。”加布里埃尔提议。

“你疯了，它一被放开，就会扑向我们的！”

克莱芒说：“太危险了。你待在它面前，它只会觉得出现了新的威胁。别以为你逃得掉，它可比你跑得快！”

“我猜它爬树也比我快。”

“快得多！”克莱芒说道，他在为此次远行做准备功课时，从书里读到了熊的行为特征。

“我有一个想法，”在树桩上俯视着这一幕的糖糖说道，“你们人类行动起来有点儿慢，但是小疙瘩肯定能比熊跑得快。我呢，爬树比熊快，而蒙田会比我们几个都快。”

“我们可以很轻松地转移它的注意力，而且没有风险。”小疙瘩补充说，“而且，它好像对我说的话有点儿兴趣。”

熊确实不再吼叫了。它坐了下来，来回看着小疙瘩和糖糖，仿佛因为听到它们开口讲话而大吃一惊。

“好，”克莱芒说，“你们靠近它，跟它说话。蒙田，你会用熊的语言说几句话吗？”

“我还不会讲它的语言，但我可以模仿一下它发出的声音。”蒙田回答。

加布里埃尔和阿莉雅稍微离远了一些。克莱芒承担着艰巨的任务，独自一人拿着钢丝钳，悄悄就位。

一切照计划进行，或者说基本上照计划进行。几只动物的吵闹声让熊着了迷，忘记了站在身后的人。熊想靠近狗，这让绑在树上的金属绳绷紧了。克莱芒剪断绳子，熊向前滚了出去。它马上就站稳了，不过糖糖已经跳到了一棵树上，小疙瘩也跑到了熊追不到的地方，蒙田在正上空盘旋着。熊没有逃走，反而停了下来，试着用牙咬掉依然勒在掌上的金属绳套。

“它还被勒着呢。”阿莉雅小声说。她正躲在二十多米开外的一棵树后，观察着这一切。

熊闻到了人类的味道，转身朝向他们，尽管它没有一一看清每个人。它坐了下来，伸出熊掌。

“它想让我们彻底放了它。它好像明白了我们一点儿也不想伤害它，它可能正在觉醒。”克莱芒说。他小心翼翼地靠近正在低声嘟囔的熊，在它面前坐下。熊的头很大，令人印象深刻。它厚厚的黑色皮毛散发着一阵浓烈的气味，弥漫在林中空地上的冰冷空气中。克莱芒始终保持镇定，伸出手，握着它的黑色大掌。他把卡着绳子的金属条滑动了一下，使困着熊的绳套变松。熊把自己的掌拔了出来，小心地站起来，就好像不想吓到面前的男孩一样。它一动不动地盯着他，发出一种嘶哑的吐气声，然后转身消失在森林中。

“我们可以把这当成一声感谢。”蒙田说。

在稍远一些的地方，正躲在矮树丛后的格劳恩看到了整个过程。它也是被落入圈套的熊发出的焦躁吼声吸引过来的。母熊听到有人来了，便悄悄靠近，趴在灌木丛里监视他们。这个距离在它看来最合适不过了。之后，它便等待着，做好准备，如果他们对那只熊构成威胁，它就一跃而出。

它听不懂这几个年轻人在说些什么。他们说的话好像与平时在森林里听到的猎人和伐木工人说的话不太一样。但是，他们的意图很明显：他们想放了那只熊，而且不求任何回报。格劳恩不是很确定他们这么做的原因。而现在，它开始思索人类和觉醒动物联合起来的可能性。

它又耐心地等待了片刻，才沿着他们很容易辨认的足迹悄悄跟上。它躲在森林的边缘，眼看着他们走进一栋房子，然后继续暗中观察。那只奇怪的鸟讲起话来像人一样，而另外两只动物的背上携带着的小装置似乎会翻译它们说的猫语和狗语。母熊寻思是否能和它们取得联系，以了解更多有关那些全副武装的人的计划。但它意识到自己很难听懂它们的话，也很难让它们听懂自己的话。它需要帮助。它知道要到哪里去寻求帮助。

狼群饿极了。过去的两天，它们能吃到的只有几只被冻僵的田鼠以及一群觉醒后逃出鸡棚的母鸡。这远远不够。它们现在途经的地区比之前的地方树木更少。森林和大片围着篱笆的牧场交错相间，但是草地上覆盖着白雪，一片荒凉。母牛可能躲在牛圈里。追客决定捉一群牛，作为狼群行进途中的食物。它想，这样可以在捕猎上少花些时间，从而可以更快到达日出方向的大森林。

被派去摸情况的几只狼在人类居住区周围徘徊，发现了一个孤立的牛圈。牛圈的大木门紧闭着。通过闻气味可以得知，里面至少得有五十多头母牛。而且从它们发出的声音判断，它们似乎并未觉醒。虽然狼听不懂母牛的语言，但是能听得出来，它们只是在简单地哞哞叫，既没有节奏，也没有很明显的句子结构。追客向夜帝请教："你了解母牛。在你看来，我们要如何行动才能抓住它们？"

夜帝不敢承认它其实很少来乡村。它在这方面经验很匮乏，但是它想起了小时候在市场上接触过的牧羊犬。它在心里默默祈祷狼在这方面一无所知，然后它给出了几条听起来很有道理的建议："如果你们的行动过于隐蔽，母牛到最后一刻才看到你们，它们就可能会受到惊吓。相反，如果你们一到那里就凶狠地嚎叫，它们会开始哞个不停，并且同样不愿意跟你们走。你们应该冷静且坚定地行动，就像牧羊犬一样。"

它让追客把狼召集到一起，分为两组。其中一组扮演牛，让另一组进行训练。它在模糊的记忆中进行搜索，并向狼演示要如何围着牛群转，如何去咬牛的小腿而不真的伤到它们，才能把母牛赶到某个明确的方向去。狼低声抱怨，那些需要扮演母牛的狼尤其有意见，但是它们最终还是乖乖地开始了练习。

灰熊负责开牛圈的门。它们一掌就能把门扇拍开。像夜帝建议的那样，狼群的行动既不隐蔽也没有攻击性。来到牛的面前时，它们为了克制本能，必须完全听令于首领。如果真的按本能行事，只需几分钟，它们就能杀死所有的母牛！那简直易如反掌！但是追客提醒它们："哪怕你们只杀死了一头牛，那谁来背着它走？"

狼最终成功赶出了二十来头牛，在夜色里重新上路，让牛走在狼群的前面。行动大获成功，狼高兴得当场杀牛庆祝。两头母牛在森林里献出了生命。它们很大，很肥，让大家都饱餐了一顿。灰熊先吃，然后狼按等级依次就餐。夜帝最后才吃，而且吃得毫无胃口。

第二天，狼群继续前进，并且依旧强迫母牛走在最前面。情况立刻急转直下。牛开始哞哞叫，哪怕被狼咬了也不愿前进。母牛不习惯这种生活方式。它们没法走上一整天，更不用提小跑了。这让它们很累，特别是它们还没有时间进食。

总之，谁都没有料到要给它们准备食物。狼群又大吃了一顿，然后，追客问夜帝对此有何想法。夜帝回答："它们没办法自己找到吃的。得给它们提供食物！"

"那留着它们还有什么用？如果要一直照看它们，还不如去捕鹿。我们只用捕它们，不用喂它们。"

"鹿比母牛少。"夜帝认为有必要回应一下。

"算了……"追客回答，它明白了狼永远当不了饲养员，于是换了个话题，"自由之犬，跟我讲讲觉醒这回事……"

一段时间以来，狼王一直思考着它们所经历的转变——它自己的转变，以及其他狼的转变。在某一次捕猎时，它们遭遇了一只已经觉醒的马鹿，并吃了不少苦头。马鹿使出了它们从未见过的诡计，似乎时刻能猜到追捕者的意图。而且这还不是它们遇到的唯一一个难题。

听夜帝讲完，狼王明白了，它们也让自己的竞争对手觉醒了，因此，要准备好面对更加黯淡的未来。实际上，每当它们杀死一只巨型猎物，病毒会随着它们残留的唾液一起留在吃剩的骨头和肉上。在它们之后来吃腐尸的动物就会陆续被感染并觉醒：狐狸、郊狼——它们几乎像鄙视狗一样鄙视的物种；或者狼獾——它们一直回避的物种，因为这种动物很有攻击性，而且非常坚决。狼獾一旦觉醒，可能会表现得更加凶狠。狼或许不得不把一部分猎物拱手相让。

追客既不知道如何阻止猎物觉醒，也不知道如何避免让竞争对手感染病毒。是智者找到了解决办法，并讲给了元老院听。如果觉醒的狼比其他觉醒的动物多，那么狼无论是在面对猎物还是在面对竞争对手时，都会拥有决定性的优势。夜帝有些惊讶，它和自己竟得出了同样的结论，它“智者”的名字果然不是白叫的！

所以，它们需要找到对觉醒负有责任的那个人类女性，完全控制她工作所在的那栋建筑，并要求她研制出一种更有效的新药，只供狼使用。由于它们捉到的这只狗似乎认识那个女人，它又一次显得有点儿用处。因此，夜帝得以继续跟着狼群向东方行进。

至于那些幸存的母牛，则被抛弃在了森林中。

美洲狮的觉醒

我昨天杀了一只雌鹿，我从中获得的愉悦感远远超过我从前有过的感受。追捕过程中的每一刻，我都极为享受。我甚至从想象它可能从我手下逃脱所带来的隐隐担忧中都体会到了快乐。当然，我内心深处非常确定我会成功，这次捕猎理所当然会完美结束。我饱餐了一顿，第二天夜里又回来吃了它的残骸。

*

当我重新思考（我不只在思考，还会“重新思考”发生过的事，这多么美妙！）、再重新思考时，发现其实还是发生了一件让我稍微有点儿困惑的事。当鹿转头朝向我时，我看着它的眼睛，感觉它也变了，就好像它意识到它本可以从我手下逃脱，本可以继续过自己的生活……

它作为食草动物的生活，是多么可怜、悲哀！它本该感谢我干净利落地了结了它的性命，就像大自然所希望的那样。我终究只是大自然的工具，简单的工具而已，尽管我很认可我作为强大的捕食者这一角色的价值。为什么我要担心自己在物种中的位置，质疑我所扮演的角色、所承担的职能呢？

第二章　二　月

雌鹿看到死亡来临时的目光并不会带来任何改变。

*

我于三天前觉醒了。

美洲狮穿过了只生长着小麦和玉米的广阔平原。它没有找到与自己相称的猎物，只有一些毫无意义的小型啮齿动物。它们即使觉醒了，依然行动缓慢，行为很容易预测，看上去十分虚弱。它们吃起来味道很苦，就像洒在农田里的液体的味道。它也会抓到一些跑到城市边缘的草坪来冒险的猫和狗，它们吃起来味道更好一些。

美洲狮更喜欢岩石堆、陡峭的峡谷以及茂密的森林。在这些地方，它可以提前打好埋伏，静待合适的猎物从自己面前经过。它喜欢等待，以及使等待得以结束的意外惊喜。它舔着唇，想象着接下来的追逐和随之而来的大餐。

觉醒改变了它，但它并未因此变得更加合群。它一直不想和同类取得联系，更不用提其他物种了，包括它捕食的食草动物，以及其他猎食者。反过来，也没有谁胆敢冒着风险主动跟它搭话。

它意识到自己平时的猎物觉醒带来了一个新难题。鹿越来越难被摆平，包括雌鹿。当雌鹿被袭击，甚至可能会聚集起来拼命抵抗。它们团结起来自卫，不再因恐惧而盲目地四散逃去。

美洲狮还记得，有一次它在捕猎时落入了一群河狸设下的陷阱。它们筑了坝，在坝尽头的地上挖了一个坑，在上面铺满树枝，使坑几乎无法被察觉。美洲狮当时正在追的猎物绕了个似乎没必要的弯路，但是让它刚好不偏不倚地跳到陷阱里。幸运的是，它落入的那个深坑的下半部分被淤泥填满，它因此幸免于难，没有被底部的木桩刺穿。河狸虽已觉醒，但在捕猎方面还是不够有经验。

美洲狮成功地从肮脏的泥坑里脱身。它很生气，既生河狸的气，又生自己的气，以及生天地万物的气。那些稍大一些的可笑的啮齿动物可能会吸取这次失败的教训。至于它自己，可不会永远这么走运地逃脱。

它意识到，虽然自己发生了改变，但是周围的世界也发生了改变。如果每天要面对更有反抗性、行动更难以预料的猎物，那么它将再也无法拥有往日那种美妙的简单生活了。

第二章　二　月

人们在城市周边设下的陷阱几乎收效甚微。猎人们早已习惯了用桶装满谷物、废糖蜜或者过期的糕点来吸引熊。这甚至还是最受好评的捕猎方法，既高效又安全，因为一旦熊被控制住不再构成威胁，就可以接近它、杀掉它，且没有一丝风险。出乎意料的是，熊似乎学会了怎样避开套索，因为桶空了，而金属绳套只是紧勒着一根枯树枝。最为恶毒的猎人开始组织起来，准备“动真格的”。他们主动提出要给国民警卫队帮忙，但未被接受，因为他们既狂热又明显缺乏纪律性，这让国民警卫队对他们并不太信任。

几天前，这座城市涌入了一批不速之客，他们的目的与猎人们的截然相反。动物保护人士来到了这个地区。在过去的几十年间，他们曾多次提出，要禁止设置捕猎陷阱，以此保证熊的生存安全，但每一次都没能获得大众的支持。他们在报纸上读到了或者听说了驯鹿酒店里发生的事情，并亲自前来确认是否有办法为那些熊提供帮助。他们提出控告，并高喊着要给那些在合法狩猎季之外设陷阱的猎人定罪。一边是举着标语牌在武器商店门口示威的各个小型活动团体，一边是情绪越来越激昂的猎人，两方之间的口头谩骂很可能会演变成肢体冲突。

现在，国民警卫队需要面对两项新增任务：第一项是驱散聚集的人群；第二项，也是最重要的一项，是防止激进的动物保护人士和记者与已经觉醒的熊取得联系。

洛汗和格劳恩为了评估现在的形势，在城市附近待了一整天。人类比往常多得多。在觉醒之前，有些熊会在夜间或者清晨到城市漫游，寻找没有盖好盖子的垃圾桶。那时，街上几乎一直空无一人。它们有时也会看到不少聚在一起的人，比如一些年轻人会一起在草坪上跑步，或者看似起了冲突，但并未因此伤到对方，就好像他们在玩耍似的。

如今的情况则完全是另一码事。熊联盟的这两位密使观察着通向林场的几条很宽的土路，以及通向被同伴占领的酒店的那条道路。它们注意到，这些聚集的人类和它们之前比较熟悉的人不太一样。它们识别出有三类不同的人。

第一类人数量最多，由成年男性以及少数女性组成，他们着装统一，而且个个全副武装。他们不像熊经常遇到的猎人那样粗壮，且比猎人更有组织性。尽管不太确定，但是他们的在场可能与近日发生的事件有关。第二类便是猎人。他们说话声音很大，双臂胡乱地挥舞着，比其他人更加激动。他们也持有武器。最后是第三类，他们的人数相对较少，是一些更年轻的人类，有男有女。他们和第二类人一样激动，但他们手里拿着的是标语牌，而不是武器。

两只熊由此得出结论，一场冲突正在酝酿之中，但人类在应采取的战术，甚至可能在行动的必要性方面尚未达成一致。洛汗回到驯鹿酒店，让熊做好作战准备，但如果武装人数过多，就放弃这个地盘。

格劳恩和许多熊不同，它并没有直接与人类发生过冲突，不管是与猎人，还是与夏天时挤满了露营地的人。它天生谨慎，虽然有时会观察人类，但总是离得远远的，而且在需要照顾熊崽时会表现得更为小心。如今觉醒之后的它并不完全对人类抱有敌意，更确切地说，它对人类既好奇又有戒心。

它向自觉醒以来就一直跟着熊联盟的浣熊求助。由于浣熊往往会主动接近人类，它们比熊更了解人类。所以，格劳恩请曾在城市中心的公园里生活过很久的浣熊埃西班前来帮忙。

格劳恩逐渐靠近位于房子和森林之间的草地。人类无法看到昏暗的灌木丛中的它，但它能清晰地看到明亮的窗户里那些年轻人的身影。他们和那几只动物的气味愈发明显，并且它能清晰勾勒出他们的形态。母熊尽管还有一些顾虑，但最终还是决定使他们注意到自己。它往前走到几乎已经完全被扫清了积雪的地方，和埃西班并排坐了下来。

小疙瘩最先注意到母熊的到来，或者说最先闻到了它的气味。小疙瘩把前爪搭在窗台上，但天色渐暗，它看不太清。被它喊来的糖糖立刻发现了母熊，尽管觉醒让猫的嗅觉退化了，但它的视力依然极佳："院子里有一只熊！"

"是一只母熊，"小疙瘩更加明确地说道，"而且我闻到还有别的气味。"

"是的，还有一种戴着黑色眼罩的狗。"糖糖说。

"看起来不像狗，闻起来也不像，我觉得可能……"

"是一只浣熊，"克莱芒说，"和一只母熊。"

"这正常吗？"阿莉雅问，"我的意思是，它们一起出现正常吗？"

"我不知道，它们可能已经觉醒了，我觉得应该去看看。"

"是啊，众所周知，拆除了那个陷阱之后，所有的熊都成为我们的朋友了。"加布里埃尔调侃道。

"我们等一下就能搞清楚了，"克莱芒没有理会朋友的挖苦，"我会冷静地走出去，如果你们看到没有问题，就出来跟我会合。不要慌乱激动。"

"那如果有问题呢？"阿莉雅不放心地问。

"你们准备好，我一回来就尽快关门……蒙田，你愿意跟我一起去吗？"

克莱芒穿上派克大衣，出了门。鹦鹉立在他的肩上。他慢慢靠近那两只动物，把两手摊开，以示自己绝无恶意，他希望这一手势是国际通用的。母熊依然坐着不动，和之前被他解开绳套解救了的那只熊一样。可能在它看来，这个动作的含义更加一目了然。在距离两只动物三米远的地方，克莱芒决定模仿母熊，盘腿坐在冰冷的地面上。母熊整整高他一头。他用自己能发出的最令对方安心的声音说道："你好，我叫克莱芒。你能听懂吗？"

母熊转头看着浣熊，浣熊发出一种尖锐的叫声，其中还穿插着咯吱咯吱声和鼾声。蒙田认真听着它发出的声音，以及母熊的回答："我猜它也在做自我介绍。它的名字听起来像是'罗恩'或者'格罗恩'。"

刚开始时，交流既缓慢又艰难。浣熊和鹦鹉翻译着，但是它们也只能听懂对方所说的一部分。没过多久，阿莉雅和加布里埃尔出来和克莱芒会合，小疙瘩和糖糖则更愿意待在离母熊远一些的地方。阿莉雅把蒙田提议让她制作的翻译器拿了过来。她快速做了示范，然后把翻译器放在母熊面前的地面上。

他们逐渐得知，母熊曾亲眼看见他们解救了它的同类，并且它想知道人类对熊有何企图。克莱芒试着通过描述猎人和动物保护人士各自的立场，来展示人类的力量及矛盾。他也希望能对熊的意图有更多的了解。蒙田问格劳恩是不是使节，它是代表其他熊来的，还是自愿来的。

“是我自己想来，所以我就来了。但我当然会跟熊联盟说的。”母熊跟他们描述了熊是如何聚集在一起的，以及它们是如何制订出划定领地范围且不让人类进入的计划的。

“我们不想再被追捕了，而且森林不该被毁掉。我们要禁止伐木工人和猎人进入我们的领地。”

“那些完全不想伤害你们的人呢？”克莱芒问。

“关于那些人，我们之后再做决定。我现在明白了，不是所有人都完全一样。”

正如母熊在森林中所观察到的那样，这些年轻人言行一致。他们对熊的计划没有抱着敌对情绪，而且似乎在城市里还有盟友。但是，他们不能代表所有人，特别是那些带着步枪或者链锯的人。人类并不都是一模一样的，不像它所熟知的熊那样有着共同的目标。这个古怪的现象可能会对熊正在准备的战斗产生影响。它要好好想一想，并与洛汗讨论一下。

由于必须借助翻译器，交流进展得很缓慢，但是大家都意识到了这第一次见面的重要性。天色渐明，母熊重新站了起来。它要在被其他人看到之前离开，但是它提出当晚会再来。蒙田建议由自己带着翻译器，并陪伴母熊一整天。如此一来，可以提高熊和人类的语言之间互译的准确性。格劳恩同意了，返回森林深处时，它的脖子上挂着翻译器，蒙田落在它的背上。蒙田很高兴能够去了解那个存在于森林中的全新世界。

白天，克莱芒又联络了自由动物与自然组织的成员。这些人已经从四面八方会聚到了福克斯克罗夫特，其中有来自波士顿的，有来自纽约的，甚至还有来自芝加哥的。对于他们来说，熊如今的处境正是他们梦寐以求的绝好机会，现在他们正好可以向公众进一步宣传争取动物权利的主张。但是，他们自从到了这里，每天都要与猎人对峙。国民警卫队近距离监视着他们，并得到命令要阻止他们进入森林。无论如何，他们更习惯于在城市里进行思想的碰撞，且对熊知之甚少。克莱芒的消息激发了他们的热情。他们立刻准备了标语横幅，要求和熊签订公平公正的条约。

当晚，蒙田飞回住处，后面跟着格劳恩。双方再度开始交谈，这次比前一晚更加顺畅。克莱芒跟母熊讲，现在它在人类中有盟友了，有人将帮助熊争取它们的诉求。格劳恩不太明白这是什么意思。它无法想象有人会站在森林中的熊这一边，准备和他们自己的同类对战。这在它看来很神奇，但它还是向年轻人表示了感谢。

加布里埃尔借机提到了有关劳拉的话题。他向母熊解释，他的姐姐现在被关在森林里的一栋房子里，他想去找她。

“被关？被其他人？”

“是的，他们强迫劳拉为他们工作。”

母熊一动不动地看着加布里埃尔：“洛拉……和洛拉古皮是一样的吗？”

“是，是的！你已经听说过这个名字了？”

格劳恩不好意思地摇了摇头。它不确定是否要把自己了解到的事告诉这些人。但是森林里的动物都已经知道这个名字了，而且如果确实是同一个“洛拉”的话，这些人可能会掌握一些值得关注的信息。它犹豫着，但最终还是决定相信他们。它跟他们讲了从海鸥那里了解到的事，并最后总结道：“熊联盟决定找到她，杀了她。我们不想再回到原先的状态了。”

“你们不能这么做！”加布里埃尔惊呼，“正是她让你们觉醒的！而且她不会研制那些看守员所要求的抗病毒药物。你们应该解救她。”

“而且如果你们的敌人，你们真正的敌人想让你们重返觉醒之前的状态，那么你们会需要她的。”阿莉雅补充说。

“我会跟我的朋友们着重强调你们的诉求。”克莱芒说，“他们会发动全国的动物权利保护人士。”

“动物权利”，这又是一个母熊不太理解的概念。它转着脑袋，看着面前正坐在冰冷的地面上的每一个年轻人。它不知道要如何看待“洛拉古皮”了。洛汗想除掉这个威胁到已觉醒的熊的生存状态的人，但它似乎还不了解另一部分真相。母熊要回驯鹿酒店和它谈一谈。

“在你们看来，接下来的几天，那些士兵会做些什么？”

“那些士兵准备随时介入。他们人数众多，组织性强，跟猎人不一样。他们如果出动，几分钟就能把酒店拿下。你们抵抗不了的，还会有熊被杀死。”加布里埃尔压低嗓音继续说，“一旦他们采取军事手段，你们就毫无胜算。”

“你们可以相信他的话，他很懂。”阿莉雅略带嘲弄地说，不过母熊没有听出这一层意味。

“应该采取政治手段。”加布里埃尔没有显露出自己的局促不安，继续说道。

一脸迷茫的母熊闭上了眼睛，好像在思考。蒙田决定插话：“他的意思是，你们最好还是相信盟友的力量，包括人类中的盟友。而且多亏了你们首轮的战绩，盟友来了不少，比军人多得多。不是说在这里、在这座城市，而是说在整个国家。如果他们举行示威游行，军人就不能再采取军事行动了。在人类世界，使用武力原则上需要遵循明确的规则。”

“以下是我们的提议，”克莱芒继续说，“我们为你们提供重要的帮助，甚至可能起到决定性作用，但你们要让我们去解救劳拉，至少保证不去袭击她。”

负责监督劳拉工作进展的豹惠感到百无聊赖。当她觉得年轻的女生物学家的实验操作过于枯燥乏味时，有时候会丢下她，自己出去转转。她在离房子不远的地方找到了一个山岬，在那里可以清楚地看到森林，没有遮挡。在这一个天然的隐匿处，她可以观察到一个吸引了驼鹿、狐狸以及其他动物前来的咸水水塘。稍远处，有一片非天然形成的水塘，是河狸用树枝垒起堤坝之后形成的。她看到一只美洲狮落入了河狸设下的陷阱，这足以证明河狸这种啮齿动物已然觉醒。

几天后，豹惠瞧见了一只雌鹿和一只小鹿。小鹿可能在今年春天才出生，但是已经稍有了些生存经验。两只鹿小心翼翼地接近水源，对最细微的声音也心存戒备，警惕着哪怕是最细微的，但会提示它们有捕食者存在的气味。雌鹿经常转头朝向小鹿，似乎在跟它说话——豹惠离得太远，听不到声音。它们可能也已经觉醒了，但是这种状态并未让它们得到足够的保护。美洲狮一直都在。它扑向雌鹿，咬住它的脖子，直到它倒下。当美洲狮吞食其内脏时，雌鹿还残留着一丝生气，它含泪朝小鹿投去最后一眼。

至少，豹惠是这么想象的。她无法看清捕食行动的细节，但是她深刻体会到了那只猫科动物的感受，优雅且强大的美洲狮与笨拙的驼鹿形成了十分鲜明的对比。

就在此刻，她明白了自己应该做什么，以及沃夫公司的战略应该是什么。不应该想着让这些动物回到原先的状态。何况这已经不可能了，因为她每天收到的从遍布世界的子公司发来的报告显示，病毒已经蔓延到了全世界。

应该顺势而为，而不是逆势而行……所有这些或多或少比较聪明的已觉醒的动物很快就会发现有新的需求。它们的生活将变得越来越复杂。捕食者将很难捕到猎物，而后者将不得不面对越来越复杂的捕猎策略。沃夫公司正好可以从这一方面切入，向已经觉醒的动物提供服务！

重点是把它们视为需要去满足其需求的消费者，而不是要避开的捕食者。她得和它们谈谈，和这只美洲狮以及那些在夜里嚎叫、让她打寒战的狼谈谈。几天后，她要到沃夫公司的总部与杰弗森见面。她决定到时候跟他讲一讲这件事。

第三章　三　月

新闻通讯社　三月二日电讯

撒哈拉以南非洲国家的自然公园负责人请求国际社会援助。他们表示已无法确保公园游客的安全，亦无法保证能够有效打击盗猎行为。然而，盗猎者以及他们所拥有的大量军事装备似乎在一夜之间全部消失。在黑市上，无论国际买家的出价如何，象牙及犀牛角也已遍寻不得。此外，数百个村庄被废弃，村民逃至最近的大城市避难。据他们描述，有“猴子军队”屠杀偷猎者并在之后攻击村民。

三月初，劳拉想把已经觉醒的老鼠释放到森林中，借此来庆祝病毒研制成功一周年。她明白它们很快就会被吞食，想通过此举象征性地为病毒的扩散作出贡献。如今，她确信动物发生的转变已不可逆转，与其白白耗费心力意图使其终结，不如更加主动地参与其中。

豹惠离开了拜尔斯顿，估计是应沃夫公司老板的要求回了公司总部，所以现在只有劳拉一人待在实验室。劳拉将两只老鼠轻度麻醉，把它们藏在工作罩衫里，然后回到自己的房间。等老鼠醒来后，她把它们赶到了露台上。老鼠可以轻轻松松沿着房子门面上突出的石头逃窜并溜到地面。

劳拉沉浸在自己的思绪里，没有注意到旁边露台上藏在暗处的身影。加里并没有真想躲起来，但他一动不动地观察着劳拉，她为阻止老鼠回到房间里做了种种努力，仿佛她想劝它们逃跑一样。他并未加以干涉，而是决定等吃饭时再跟她谈谈。比尔开着雪地摩托车去福克斯克罗夫特采购大家所需的蔬菜水果了，加里向劳拉提议共进晚餐。吃饭的地点是一层的大厅。当劳拉觉得太孤单时，特别是当比尔和豹惠都不在的时候，她偶尔会接受加里的邀请。

加里问她在工作上是否有进展、她是否认为很快就能完工，并暗自期望着她能在两个问题上都给出肯定的答复。他迫不及待地想要摆脱看守员这一身份，让劳拉恢复自由。他很喜欢他们之间为数不多的交流，也很欣赏她谨慎又疏远的幽默感。尽管他并不直接负有责任，但她依然是俘虏，而且他明白，他们的关系很别扭，既亲近又严重失衡。

他去厨房端菜，拿来了香喷喷的肉馅圆饼，然后跟劳拉讲了他三天前去福克斯克罗夫特采购时了解到的当地最新情况。他描述了守在城市各个出口处的军用卡车和国民警卫队、支持和反对熊的两方展开的激烈论战，所有这些都印证、补充了蒙田带来的消息。

随后，加里终于开口问出了那个让他耿耿于怀的问题：“您拿老鼠到露台做什么？我当时到旁边透透气，看到您把它们都放跑了。”实际上，劳拉的回答对他来说并不重要。他对那些老鼠没有兴趣，也不在乎它们的未来。他觉得自己是在和这个年轻的女子分享一个秘密。

劳拉微笑着看向他：“而您并没有阻止我。恐怕更应该是我问您为什么……”

“我想您这么做一定有合适的理由……而且在释放老鼠这件事上，我没有接到任何来自杰弗森先生的指示，不管它们是不是已经觉醒。”

“距这整个事件的开始已经过去一年了，我想纪念一下这一天。事到如今，我觉得一切都再也不会和从前一样了。病毒无法被遏制，动物会一直保持觉醒的状态。我们要学会适应。”

“您为什么跟我说这些？如果您不工作，杰弗森先生可能会非常不高兴。”加里突然感到一阵不安。

“所有这些一点儿用也没有。我只想回家。”劳拉意识到她说的太多了。她累了，但她应该再稍微坚持坚持。加布里埃尔、阿莉雅和其他朋友很快就会来找她。她继续说道：“抱歉，忘了我刚才说的话吧，我只是突然有点儿泄气。我很快就能得到满意的结果了。您可以这么跟上司汇报。”

“野生动物接触到病毒，会变聪明。呃……不同物种的程度可能不一样。它们体会到自己变聪明了，也会更有好奇心，更愿意去探索世界。动物们将会发现自己新的欲望、新的需求。没有任何证据显示它们将依然喜欢原先的生存方式，毕竟那种生存方式多少有点儿粗鲁野蛮：为了觅食，要在森林中不断奔跑，要忍受风霜雨雪，更不用说还有来自捕食者的潜在威胁。而且，它们或许还可以学着利用空闲时间，找点新的消遣，做些新的娱乐活动……”豹惠在杰弗森的办公室里来回踱步，表现出一种在她身上很少见的热情。

“嗯，我明白了您的意思，请继续讲。”杰弗森说道，他对此感到很有兴趣。

“从某种角度来看，‘觉醒’让它们变成了潜在的消费者，而且是上百万个无知且幼稚的消费者，这对沃夫公司来说是一块广阔的处女地！在我们面前，出现了这样一个庞大的市场，而且现在还没有任何人知道它的规模。我们或许可以率先满足这些新客户的愿望。”

“您是指提供新食品……甚至是新衣服？”杰弗森一边说着，一边不禁因为自己荒唐的提议而发笑，但豹惠的想法则远远超出了这些基本的需求：“不如想象一下专门面向各物种的屏幕，符合它们生理结构的电话，或者哪怕是武器又有何不可……这样罗列下去是无穷无尽的！而且就算它们没有自然而然地产生这些需求，我们也完全可以创造出这些新需求。而那些对这种新生活的好处最为敏感的动物，或许还可以为我们所用，帮我们向其他动物宣传。”

“妙极了！”杰弗森说，他的眼中已经映出了沃夫公司凭借这个新的发展方向而赚到的源源不断的美金，“但是……它们要怎么向我们支付呢？对于该如何吸引到它们，我倒是胸有成竹。我们在这一方面确实很有经验。问题主要在于，它们除了自己的肉和皮毛，没有什么可以给我们的东西，而且我想它们也不会再让我们继续靠它们的肉和皮毛赚钱了！”

“在这一点上，也是一切皆有可能。”豹惠越来越兴奋地大喊，“它们有可能让自己的领地更有价值……”

“它们的领地？”杰弗森打断了她的话。

“啊，有个消息您可能还不知道。缅因州的黑熊似乎正在要求拥有自己的领地。不是区区几平方公里，而是几乎半个州！目前，这还只是在那个州的范围内，但肯定将会蔓延到整个国家，甚至还可能会蔓延至全世界。”

“不会有人把土地让给它们的。人们要在上面生活。”

“熊有援兵，比如我们那些自由动物与自然组织的‘朋友’和其他动物‘保护人士’。”豹惠一边说，一边动了动双手的食指和中指，做出打双引号的样子，以表讽刺。这群人很喜欢动物，并时刻准备着为它们的“权利”战斗。而且一旦发生什么事，他们立刻就会得到消息。

“有道理……我听说有些律师试图为他们的动物客户争取‘非人类法律主体’的身份。案件上诉到了最高法院。”

“简而言之，如果动物们拥有了领地，”豹惠继续说，并着重强调了“如果”二字，“将由它们来负责开发土地价值。它们要让那里生长出水果，它们要采集枫糖浆、在湖里养鱼，以及做各种诸如此类的事……它们当中那些最聪明的动物或许还可以为游客表演节目，或者还原捕猎的场面，就像之前人们在主题乐园里，安排群演穿着道具服表演一样……”

豹惠越说越激动：“到现在为止，我们说的还只是森林。即使草地被我们人类保留了下来，供人类进行各种活动，别忘了还有大海，有着众多海豹和海豚的无边大海！”

“很好，就这一问题，给我准备一份初步的报告。”杰弗森说道，他语气沉稳，和激动的豹惠形成鲜明对比，“要想有备无患，我们必须立刻下手。”

小疙瘩走在最前面，用鼻子嗅来嗅去，想要识别出闻到的所有气味，但它很难将这些气味和具体的物种对应起来。它怎么可能会认出驯鹿、美洲獾或者郊狼呢？毕竟它从未见过这些动物，也从未闻到过它们的气味。

阿莉雅跟在它后面，同样保持着警觉，但她与其说是好奇，不如说是担心。她暗自琢磨着哪些动物会觉醒，它们会呈现出何种精神状态，友好、冷淡，还是充满敌意？蒙田站在她的肩上。鹦鹉考虑到迟早得飞到高处去视察周边环境，而且说不定还要给团队帮一些忙，所以想先保存体力。

加布里埃尔背着一个大包，里面装着帐篷、大量袋装浓羹、脱水食品和一个防熊喷雾剂。由于他走起路来连蹦带跳，坐在他背包上的糖糖正在艰难地抑制着恶心、想吐的感觉，尽可能推迟不得不跳到地面、踩在雪上的那一刻的到来。

克莱芒背着抓钩以及一根五十米长的绳子等攀登设备——根据蒙田对悬崖高度的估计，若要攀登悬崖，准备这个长度的绳子正合适。他的背包里还装着厨房用具和一个小炉子。他和另外两人一样，穿得很暖和。虽然这个冬天不如以往那么寒冷，但每天夜里依然会结冰，而且浓密的灌木丛下的空气还是很冰冷。

前一天，格劳恩建议他们尽快出发。它已经把了解到的信息告诉了熊联盟的大部分成员，它们都认认真真地听格劳恩复述了几个年轻人的提议。鸟儿带来了令大家忧心忡忡的新消息——有一群狼正在朝它们的地盘奔来。虽然格劳恩基本能保证他们不会被熊伤害，但它完全不了解狼群的企图。他们在森林里恐怕不太安全了。

为了不被国民警卫队发现，三个年轻人收拾好行装，在深夜离开了房子，踏入森林。他们在灌木丛中艰难地走了半个小时之后，终于踏上了一条基本上通往正确方向的林区道路。

他们按计划绕道而行，避开了驯鹿酒店。克莱芒手持全球定位系统和阿莉雅的地图，可以很顺利地给团队带路。

他们沿着这条路走了几个小时，然后离开这条路，开始横穿森林。这里树木不高，但是又阴暗又寒冷。树干呈黑白色相间的桦树与高大笔直的美国赤松交替排列着。在有些地方，橡树和枫树已经掉光了叶子，月光能透过树枝照下来；但在有些地方，云杉的深绿色树枝与青色针叶形成了天然屏障，将这几个行路人锁在幽暗的夜色之中。

中午，他们停下来稍事休息，吃了点东西。当他们再次开始赶路的时候，普照的阳光使积雪渐渐融化，地面上满是结冰的泥浆，因此他们不得不放慢步伐。由于经常滑倒，他们只好找来木棍修剪一下，当作拐杖。在途中，他们有时会听到一些窸窸窣窣的声音。小疙瘩把这些声音和它闻到的气味关联起来，但没有任何一只动物露面。

天快黑的时候，他们找到了一个适合支帐篷的地方。这里正好在松树的枝叶下，没有积雪，比较干燥。克莱芒将枯枝堆成锥形，生起了火。火光照亮了树木。他们吃了热腾腾的浓羹，暖和了起来。有那么一瞬间，他们感到这次远行旗开得胜，他们会救出劳拉，把她带回城里，而且整个过程会如第一天这般轻松。

然而，当火势渐弱、燃至只剩些许余烬时，四周越来越暗，晚饭带来的温暖逐渐消退，不安感再度袭来，而这种不安感其实一直不曾消失。他们十分疲惫，无法真正放松。因为不管是人还是动物，大家的心中可能都焦虑不安。他们匆匆溜进自己的羽绒被，试图入睡。每个人都将自己的焦虑暗藏在心底，以免影响到小分队里的其他成员。

第二天，他们收帐篷的时候，正下着冰冷的雨夹雪。他们匆匆忙忙吃完早餐，在寒冷、潮湿的空气中出发。树梢已经消失在了浓雾之中。几个人情绪低落，几乎一直沉默不语，更何况雾气会削弱音量，让他们的声音在林间奇怪地回荡。

他们前行的速度比前一天预期的要慢。虽说在法国时，他们也偶尔会去乔木林中散步，但在那里视线不会被遮挡，林中到处是有路标的道路，与这座森林完全不同。为了避开冰面已融化的湖泊，或者为了不蹚水过河，他们不得不绕远路。而且他们必须一次又一次地翻过那些挡住道路的枯树，或者走进灌木丛，再艰难地走出来。此外，他们还低估了地势的起伏对他们前行进度的阻碍。从航摄影像来看，他们本以为自己要穿过一个基本上很平坦的广阔平原。然而实际上，他们只能不停地牢牢抓着小灌木往下爬到沟壑中，再吃力地爬上对面的山坡。

到了晚上，他们总会更加疲倦，而且，看着食物储备被快速消耗，他们会非常担心。虽说他们已经熬过了肩部僵硬的阶段，但是由于他们没有充分保护脚踝和脚背，这些部位已经磨出了水泡。不过克莱芒还是试图指出积极的方面：他们的进度很慢，不过他们正在前进；每吃一顿饭，他们的背包就能轻一点儿。可惜他可怜的幽默感没有被大家很好地接受。

在几只动物中，只有蒙田依然精神振奋。与劳拉的交谈让它感到安心，而且鉴于当下的情况，劳拉的身体状况应该很不错。糖糖在克莱芒的背包上颠簸着，不想接蒙田的话茬。小疙瘩也一反常态地保持着沉默。这几日的行进把它累坏了，它没有做好应对这趟在它看来“条件极其恶劣”的冒险的准备。森林比它以前经常去的小树林要野蛮得多，它感到很害怕，而且森林里的气味过于神秘，让它没有安全感。

第五天，阿莉雅踩到了一个长满青苔的树干，滑了一下，狠狠地跌进了下方的泥中。她先是发出一声惊呼，最后演变成了痛苦的呻吟。她的肩膀扭伤了。加布里埃尔用一条围巾将她的手臂固定在胸前。她可以走路，但是两个男孩不得不帮她分担背包里的东西。下午，尽管天还大亮，他们还是决定停下来。为了生起一场能够燃至深夜的篝火安慰他们疲惫的身心，克莱芒找来许多枯木，堆起了足够大的柴堆。他们一致认为，如果不想让这次远行变成一场噩梦，就必须好好休息一下。

在为小疙瘩和糖糖准备好适当分量的狗粮、猫粮，并为蒙田准备了一碗种子之后，他们围坐在火堆边，煮上了香喷喷的米饭，然后逐渐放松，互相开一些玩笑。万里无云的天空中悬着明月，炊烟在林间袅袅升起，没有遮挡到月光。

突然，一阵脚步声让他们警觉起来。是猎人，还是其他设陷阱捕兽的人？这里距离最近的住宅已有几十公里，而且只要稍稍远离火堆就会被黑暗吞噬，所以他们基本上将任何意外相遇都视为潜在的危险。三个人一动不动地竖起耳朵认真听着。糖糖和蒙田钻进了帐篷。小疙瘩紧贴着地面趴着，开始低吼，脊背上的毛全部竖起。突然，在营地跳动的篝火的映照之下，冒出一个可怕的黑色脑袋。火光很快照亮了整只动物，竟然是一头在他们看来巨大无比的熊，比格劳恩更高、更大。它没有作声，目光来回扫视着这几个年轻人，似乎正在观察他们。

为了不引起熊的注意，加布里埃尔慢慢地把右手伸入半敞着的外套中。突然，他拔出手枪，指着熊："卧下！"他大吼一声，仿佛他正面对的是一条听话的大狗。

熊咆哮着站起来，张开了上肢。它全身黝黑，只有下颌处的毛是浅色的。它的血盆大口半张着，露出可怕的獠牙。加布里埃尔扣动了扳机。子弹打了出去，但消失在高处的树枝里。后坐力让男孩打了个趔趄，熊趁机扑上来，将他压在地面上，用一只掌抓着他。熊愤怒的咆哮与克莱芒和阿莉雅的喊叫声混杂了在一起。他们两人也站了起来，但不敢靠近。小疙瘩被吓坏了，弓起身子向熊扑去——尽管它对于战斗的结果完全不抱有一丝幻想。

突然传来另一声咆哮，声音很大，但奇怪的是很有安抚作用，让大家都定住了。第二只小一点儿的熊进入了被火光照亮的圈里。小疙瘩立刻闻出了是格劳恩的气味，于是不再吼叫。母熊跟刚才那只熊讲话，而且讲了很久，用的正是几个年轻人在后院时听到的那种语言。蒙田将脑袋伸出帐篷，说道："是格劳恩。它在跟它解释你们是谁。"

阿莉雅战战兢兢地从包里找出翻译器，将它启动。母熊严肃地跟加布里埃尔说："你刚才拿枪指着的是洛汗，是第一圈的成员，是我们的军事首领。如果你刚才真的伤了它，我就没法插手了，那么你现在就已经没命了。"

那只大熊往后退了退，坐了下来。它密切地关注着加布里埃尔，但已没有了之前的暴怒。它的自控力着实惊人。

加布里埃尔惊魂未定，重新站了起来，小声嘟囔着："对不起，我刚才太害怕了。我们没怎么见过熊……"

洛汗发出断断续续的咆哮，隐约像是笑声："你们现在可是在森林里……在我们的森林里。你们本该做好心理准备的。你们甚至没有闻到我们的气味！”

格劳恩跟它的朋友解释道：“人类不太能闻出什么气味，但是他们看东西比我们清楚。洛汗，别忘了这一点。”

然后，母熊对几个年轻人说：“尽管发生了这个小意外，我们还是很高兴找到了你们。我不该让洛汗走在最前面。我闻到你们正在准备吃的……我们也给你们带来了点东西。”它一边说，一边丝毫不加掩饰地闻着依然在煮的米饭散发出的香气。它灵活地转过身去，钻进树丛里。没过一会儿，它拖着一只死去的动物回来了。克莱芒认出那是一只小野猪。

“这是我们在路上杀死的。当然，它还没觉醒。”

洛汗抱怨着：“我不明白你为什么对此这么不情愿。吃掉觉醒的动物，也是一种庆祝我们发生了转变、庆祝我们觉醒了的方式……”

“我同意格劳恩的看法，”克莱芒说，“我也不吃已经觉醒的动物。”

“我呢，不管动物有没有觉醒，我都不吃。”阿莉雅说。

“洛汗，你看，在能吃什么、不能吃什么这种问题上，人类都没有达成一致。但这并不妨碍他们共同生活！”

加布里埃尔稍微缓了过来，他切掉一只猪腿，并去了皮。

他把肉架在火上烤，将剩下的骨架递给了熊。洛汗看着火焰，一声不吭，但它的鼻子却因烤肉的香气而抽动着。当加布里埃尔把油光发亮、热气腾腾的烤肉从火上拿下时，洛汗开口说道："你们吃肉前的准备工作真有意思，香味确实最能引起食欲。"

"你想尝尝吗？"克莱芒切下厚厚的一片烤肉。

洛汗显然很喜欢年轻人递给它的那片肉。"我们也得试一试。"它若有所思地说，"应该不会太难。总之，我们得学会生火。"它站起身，但这次它背靠一个树干，开始给背挠痒痒。它仰头朝向天空，半闭着眼睛，显得很陶醉。

与此同时，格劳恩吃完了饭，它来到火堆前，坐在几个年轻人的身边。浣熊跟它讲了一些让它忧心忡忡的信息："狼真的来了，而且现在我们得知，它们觉醒了。狼群在距离这里有两天路程的地方攻击了几只熊，并且正在朝我们的方向赶来。我从来没有见过狼，但如果我没理解错的话，它们跟郊狼或者狗比较像，是这样的吗？"

"是的，但是要大得多。"克莱芒回答。

"我的情报员还告诉我，它们想在这里待下去，把我们的森林变成它们的猎场。你知道它们平时喜欢吃什么吗？"

"只要是它们能抓的，它们都不会放过，比如驯鹿、驼鹿，包括小型的动物，比如獾、狐狸、松鼠、鼹鼠、鸟，甚至当它们沿河逆流而上时，还会抓鲑鱼……”

“看来它们吃的食物和我们的一样……”

“是很像，而且我还从书上读到……”

“读到？”母熊打断了他的话。

“呃……是的，这个解释起来有点儿复杂。如果时间充裕的话……简而言之，我知道它们会和熊争夺猎物，而且经常能得手。至少以前是这样，因为那时候熊还是单独行动的。而即使是在觉醒之前，狼也一直成群行动。”

“所以，这里容不得它们。”格劳恩坚决地说，“洛汗，你听到了吗？”然后，它又转过来对几个年轻人说：“你们得帮我们对付狼，就像你们帮我们对付人类一样。”

加布里埃尔恢复了平时的活力：“注意，不是所有人，只是想伤害你们的那些人。而且我们不想插手你们动物之间的事。我们不想掺和进来。”

“你都不惜要杀掉我们当中的一员了，还声称自己不想掺和！”格劳恩气愤地说，“而且，根本不存在什么所谓的‘你们动物之间的事’。牵扯到的有熊、狼、人类……还有浣熊……以及驼鹿……以及其他动物。大家各有各的需求和难题。不能把我们全部归为一类。”

“你说得对，”阿莉雅说道，“但这还牵扯到一件事，就是我们没有理由来帮你们对付整个动物界。任何物种都不能宣称自己凌驾于其他物种之上。”

“是的，无论是何种动物，要是表现得如同人类之前所做的那样，就太遗憾了。”蒙田进一步说。

“人类现在也是那样，”格劳恩纠正道，“我们没看到有什么改变。而且我不相信人类会心甘情愿接受新的现实。我知道，你们有些人看事情的角度不太一样……对此我向你们表示感谢。另外，我们还看到有很多人来到了城市里，他们几乎都跟你们一样，因为手持标语牌的那批人加入了他们。我们会协助你们去解救朋友。现在离那栋房子已经不算太远了。以你们平时的速度，估计后天白天就能到。我会陪你们一起去。”

夜里，洛汗离开了几个年轻人，去召集它的队伍。它希望对那栋房子的突袭能够速战速决，而且不要发生意外。按照它的理解，如果双方实力相差很大——当然，它们熊这一方更强——那么熊几乎不会遇到什么危险。如果人类面对一支实打实的军队，他们就会放弃抵抗——至少它是这么希望的。

洛汗的脑袋里还装着另一个想法，但它没跟格劳恩提过，因为它知道如果让格劳恩认为是“说一套做一套”，那么格劳恩可能就不会跟着做那件事了。洛汗暗自琢磨，是否可以迫使那个大名鼎鼎的劳拉帮它们夺回森林——要么通过提高它们熊的智力，要么通过降低它们要对付的那些人类的智力。它想，猎人、国民警卫队和她的看守员应该有着类似的想法，她或许会同意让这些人变弱。

虽然不确定是否能征得她的同意，但是值得一试。

狼群终于抵达了拜尔斯顿。最先发现房子位置的是科瓦蒂。它去觅食的时候，遇到了一只跟熊群待在一起的浣熊。这只浣熊正翻找被松鼠遗忘在枯叶堆里的橡果和榛子。之前和劳拉对话的不是它，但是事情已经在森林里传开了，因此它也能够给科瓦蒂指明房子在哪里。

科瓦蒂回到狼群中，把消息告诉了夜帝，然后便与之告别。它已顺利到家，不想再掺和狼、狗和人类之间的事了，这对于它来说太复杂了。夜帝伸出舌头舔了舔科瓦蒂的脸，然后背过身去，眼中含着泪。它对这只年轻的浣熊产生了友情。科瓦蒂过了两天才洗澡，恋恋不舍地把朋友留下的气味洗掉。

第二天，狼群很快就跑完了剩下的路程，到了拜尔斯顿的那栋房子附近。它们在森林中的一片空地上停下，俯视着那个位于地势略低处的石头建筑物。房子的正午方向是悬崖之下的平原，至少狼是无法从平原那边上去。所以，狼群只能从另外几个方向突袭。根据追客制订的进攻计划，一部分狼去日出方向，把看守着那个女子的人引过来，灰熊从另一方向破门而入，从而让剩下的狼攻进房子。

“然后呢？”智者问。

“然后，我们见机行事！”追客回答。

狼不知道房间的布局，所以需要随机应变。它们不会因为这种不确定性而担心。它们信任狼王，并且深知此次行动对于它们这些已觉醒的狼的未来而言有多么重要。

起初，这栋房子只是度假时可供小住的寓所，由一位醉心于现代建筑且非常富有的精神分析学家修建，这也就解释了为何在此严冬飞雪之地，会存在露台和玻璃门洞这种可造成大量能源耗费的房屋设计。后来，杰弗森买下了这栋房子以及周围数千公顷的森林与湖泊，但他并不是为了来这里休憩，而是为了保护他的秘密实验室。房子被改造成了一座堡垒，所有的门窗都得到了加固，理论上能防范任何一个装备齐全的盗贼，甚至是武装过度的突击队。

但杰弗森没有料到会有灰熊参与到突袭中。这两只跟着狼群的公熊来自阿拉斯加，体型巨大。它们之前被一艘货轮卸在一个小港口的货物吸引，并被粮食袋里的老鼠传染了病毒。觉醒之后，它们决定出发去探险。船只和飞机的来来往往让它们意识到世界并非只局限于冻原地带和它们出生时所在的森林。

在冬天来临之前，它们如往年一样积累了厚厚的脂肪。刚出发的那段时间，它们瘦了一点儿，但是自从它们强行跟着狼群行进之后，就再无可抱怨的事情了。吃了母牛后，它们恢复到了原先极具优势的体型。它们各自的重量都超过了半吨，它们自信用不了几分钟就能撞开大门。

刚听到狼嚎，比尔就冲上二层，跑向走廊尽头朝着森林的窗户。在光天化日之下，狼群如往常那般肆无忌惮地嚎叫着，但其实它们一反常态，因为它们原则上会避开人类的住所。在他身处的这个观测点，既看不到聚集在房子角落的那些狼，也看不到开始用一身蛮力猛击大门的熊。比尔从二层下来时，加里已经把两根钢条横架到了门中间。他透过窗户看到了灰熊，所以把作为加固层的钢制百叶窗也放了下来。这样能让他们更有安全感，尽管他们已无法再看到外面的情况。

比尔打开装有枪架的柜子，拿出一支步枪。他曾用这件武器在落基山脉猎过熊，用它应该可以制止一只正在跑动的灰熊。他把另一支步枪递给加里，后者的口袋里也装了一盒子弹。两个男人把碗柜推到大厅中央，面朝着门。如果熊成功破门而入，这个障碍物可以为他们争取到杀掉它的时间。当比尔继续在防守位置做着后续准备时，加里跑到二层，想先通知劳拉一声，如果有必要，就安慰安慰她。劳拉看起来确实很不安。当加里告诉她吵闹声是由灰熊引起的时，她大吃了一惊："不可能，灰熊根本不在这个地方生活！"

"我向您保证，至少有一只在，而且它想进来。"

加里让劳拉跟着他。与其让她在走廊里乱逛或者被关在她那个已经不安全的房间里，他更希望能确认她就在身边。正当他们下楼去一层的大厅时，大门被撞开了。实际上，在灰熊的最后一击之下，门几乎像是被炸开的。灰熊闯入大厅。比尔开了一枪，然后拉一次枪栓重新装弹，再次开火。大熊在碗柜前倒下。比尔站起来，等到确定熊已经死了才去靠近。但他没料到有第二只熊闯了进来。它立刻扑向同伴的尸体，在比尔的胸前挥起它的大掌，把他扔向一根支撑着天花板横梁的柱子。已经浑身是血、奄奄一息的比尔试图抓起丢掉的步枪，但却来不及了。愤怒的灰熊张口咬断了他的脖子，就像在咬一只鹿。比尔倒地死去。

加里试图干预，但由于楼梯立柱的阻碍而没能开枪。现在，他看到狼群跟在两只灰熊之后冲了进来，攻占了大厅。不能再待在这里了。他抓住劳拉的胳膊，让她赶紧上楼。他们跑到贯穿二层的走廊，进入其中一个房间，然后又进入旁边的一个小客厅。加里把门一扇一扇关上，虽然他心里很清楚这样不会让进攻的动物耽搁很长时间。豹惠突然从一个房间里冲出来，手里拿着一把手枪。她低声问加里：“发生了什么事？我听到两声枪响……”

“比尔死了。房子被一群狼和一只灰熊攻占。”

“您觉得它们可能会上来吗？您认为能阻止它们吗？趁它们还没看见我们，或许我们最好赶快逃走。”

加里表示赞同：“雪地摩托车停在车库里。请稍等，我去确认一下路上安不安全。”他小心翼翼地来到最后一个房间连着的露台上，用目光搜寻着森林边缘的可疑活动。十多米开外的树林里，似乎一切都很平静。

加里帮着劳拉翻过护栏，向她指了指园丁清理完房屋周围区域的积雪后堆起的雪堆：“快，快跳！”

劳拉照做，跌进了足有一米深的松软的雪里。豹惠紧随其后，加里与此同时关上了玻璃门。车库就位于某个房间的下面。车库的双扇门半开着。

“那些员工呢？”劳拉问，“不能把他们丢在这里啊。”

“我听到了关闭安全门的信号，他们目前很安全。而且如果我们不赶快去求援，大家可能都会面临危险。”

灰熊的吼声吓坏了厨师和其他员工。他们躲进了距离他们最近的安全的房间，即实验室。

车库里停着两辆雪地摩托车，分别是加里和不幸丧命的比尔的。

“您知道怎么开吗？”

“呃……”

“没关系，坐在我后面。”加里一边说，一边跨上了其中一辆车。“豹惠，您骑另一辆。劳拉，把那两件夹克衫取下来，我们会用到。”

劳拉拿好那两件晾干的羽绒夹克衫，坐到加里的后座上。加里突然启动了车子。劳拉向后一仰，赶忙紧抓住他。片刻之后，车在满是积雪的小路上全速飞驰，几米开外跟着豹惠的车。两辆雪地摩托车朝着只能远远望见峰顶的山脉的方向开去。

“我们要去哪儿？”劳拉在加里的耳边喊道。

“熊占领了森林，去南边太危险了。东北方还有另一座城市，稍微远了一点儿，但应该没什么问题……”

车子的马达没有发出太大声音，但是弹簧和履带造成的声响引起了狼的警觉，它们立刻冲到外面。

“有一个男人和两个女人跑了！”坏家伙大喊，它面朝逃兵的方向，确认他们的气味。

“是她，”追客吼道，“追！”

狼群出发去追捕，它们自然而然地迈着大步。如果猎物值得去追，它们能如此持续地跑上几个钟头，甚至数天。而且它们深知这场追逐至关重要。

洛汗带领着一百来只熊包围了房子。沃夫公司的员工们在狼群和还活着的那只灰熊离开之后走出了实验室，但他们听到了熊的咆哮，看到一群黑熊冲到草坪上，又立刻躲回避难所。

几小时之前，他们发现了比尔的尸体以及死去的灰熊。他们把一切原封不动地留在原地——电视连续剧教过他们，在警方刑侦组和法医专家到来之前，切勿动“犯罪现场”。他们并不知道眼前这些究竟真的是犯罪造成的，还是一次狩猎事故，抑或是一场战斗，完全不敢轻举妄动，以免对自己不利。由于无法与外界取得联系，他们只好等着豹惠回来。

发生了早晨的事件之后，成群的熊突然闯入房子已不会再让他们过于惊讶，但令他们大惑不解的是，竟然还有人跟着一起来。因为在实验室附属的一个小房间里可以看到监控画面，借助监控摄像头，他们可以观察那些人和动物的行动。几个年轻人在跟熊说话，熊好像也在回应他们，而且同行的狗、猫、鹦鹉似乎也如此。围在屏幕前的员工们既不懂熊在说什么，也不懂那几个人在说什么，因为他们讲的不是英语。最终，由于熊看起来不是很有攻击性，他们决定走出实验室。

加布里埃尔看到他们从地下室走了上来，尽可能地去安抚他们，并拜托格劳恩让那些表现出过大的好奇心的熊离得远一些。这些熊大多从未见过类似的建筑，哪怕仅仅是类似的外观。在它们到各个房间转悠的时候，三个年轻人了解到了早上发生的事情，或者说，至少知道了厨师们能看到的寥寥无几的场面。据他们描述，狼和熊强行闯入了这栋房子，杀死了比尔。在实验室工作的那个年轻女子失踪了，另一个保镖和那个叫豹惠的总裁女助理也失踪了，他们可能逃跑了。后来狼群也走了。所以说，熊虽然得知了那群狼的存在，但是狼到得要早于熊的预期。它们为什么要发起这场攻击？而且最重要的是，劳拉现在在哪里？

阿莉雅拿走了劳拉留下来的那些没来得及带上或者没来得及销毁的文件。沃夫公司的一名员工试图制止她，但是格劳恩的一声咆哮让他作罢。克莱芒绕着整栋房子巡视了一圈。雪地摩托车留下的痕迹指明了他们逃跑的方式。周围依然飘荡着的气味给熊指出了那三个人去往的方向。狼群的足迹覆盖了雪地摩托车留下的痕迹，这表明狼群正追着他们。

格劳恩和三个年轻人决定立即出发。他们已经晚了几个小时，但沿着足迹仍然很容易追踪。洛汗派几个副手去寻求增援。这里出现了这么多杀气腾腾的狼，让它非常担心，它想尽快解决这一问题。

劳拉坐在雪地摩托车的后座上，分析使她走到今天这一步的种种因素：病毒、杰弗森、狼群、加里……她将这些事联系在一起，产生了一个令她不安的想法——她才是这一切的罪魁祸首。如果当初她没有合成新病毒，如今就不会在这里，被一群凶残且可能已觉醒的猎食动物追赶而冒雪逃跑。

加里决定不走被枯树阻塞的老旧的林间道路，而是借助他的追踪器径直穿过森林。这两辆雪地摩托车是专为在北方驰骋而设计的，质量可靠、速度一流，但是这三个逃亡者不断地因积雪的坑洞和无雪的地段而减速。他们在灌木丛和树干之间穿行，终于和狼群拉远了些距离。一小时之后，他们出了森林。在他们面前的是一大片被积雪覆盖的草地，一直通往绵延的山丘，高高的悬崖脚下有岩石堆积而成的斜坡。

加里停了下来，向减速滑行到他身旁的豹惠示意：“我们走的路没错。如果一切顺利，还有两个小时就能到。我们不能久留，狼距离我们只有几公里。”

豹惠点点头，然后朝着劳拉的方向稍微指了指，补充说：“我们不带她。等到了城里，我们就没法拦着她不让她逃跑，她甚至还可能会揭发我们绑架她。”

“所以呢？”加里问，他不想去理解豹惠的言下之意。

“我可以全权处理这个问题。杰弗森先生同意我的看法，她对我们已经没用了。”她从口袋里拿出手枪，瞄准劳拉，补充道，“我很抱歉……”

加里立刻采取行动，他扑向豹惠，抓着她的腰，将她摔在地上。他们陷进雪地里。豹惠依然试图拿枪对准吓呆了的劳拉。她开了一枪，但是打偏了。加里把她的头按进雪地里，扭着她的手腕让她丢下枪。他捡起手枪，转身看向劳拉，担心地问：“还好吗？她打到你了吗？”

“没有……”

豹惠趁机站起来，想夺回武器。被激怒的加里用枪抵住她的脸颊，说道：“够了，住手，不然我就开枪了！”

“你一定不会这么做的，不然杰弗森先生不会原谅你。”

她向前迈了一步，加里用枪托狠狠地打了她一下。她跪了下来，一脸惊讶地抬起头，然后跌入雪地，晕了过去。

劳拉惊得目瞪口呆，一动不动地看着这一幕。现在冲突已平息，她重新开始思考："所以，杰弗森有了些新的计划……然而是哪些呢？"

"现在不是说这个的时候，"加里说，"我们得赶紧走。至于她，"加里抬起下巴指了指豹惠，"等她醒来自然就会离开。"

"我们不能这么做，如果狼先找到了她……"

"这风险我担着，不管怎么样，她都已经准备杀您了。"

"这不是理由。她是人，我们不能把她丢给狼。"

"好吧，如果您想的话，我们就稍等一会儿，但我们必须先找到一个不太暴露的地方。"

他环顾四周，发现山坡的顶部有一个天然的避难之处，其两侧是大块的岩石。"我先把您送到那上面去，再回来找她。我们在那儿等她醒过来。"

豹惠默默听着他们的谈话。她没有真的失去意识。她只是有些头晕目眩，假装晕倒以阻止加里采取下一步行动。她悄悄溜向雪地摩托车，跨坐上驾驶座，开车扬长而去。

"啊！她跑了！"

"没关系，她没有武器了，不会再对您造成威胁。我们只要避开她的足迹就行，免得她回来找到我们。"加里说。

他坐上自己的车，等待劳拉就座。正当他要启动车时，他意识到豹惠打出的那发子弹击穿了仪表盘，随即又击中了起动机。“现在问题严重了……”他回头望向身后的森林，但森林里一片寂静。他一只手拿起步枪，另一只手拉着劳拉：“此地不宜久留，狼群估计快要来了。走，我们先去避避。”

他们往斜坡上爬，膝盖深深地陷入了被风吹来、堆积在这里的松软的雪中。到达上面后，加里拿出了他的卫星电话：“我给沃夫公司的飞行员打个电话，他在福克斯克罗夫特，不出一个钟头他就能到。”

他设法联系上了飞行员，但谈话内容似乎让他并不满意。他收起手机：“他要等明天才能来接我们。他们在福克斯克罗夫特遇到些问题，牵扯到了熊，还有海鸥……听起来很严重，我听到背景里有尖叫声。总而言之，直升机飞不了。他会试着再找一架，但他不在夜间飞行。”加里决定回到雪地摩托车那里，检查一下包里有什么东西。

“不要让我手无寸铁地留在这里。”劳拉开口说道。她不知道自己能不能用枪，只是想确认这位前看守员的心理。

加里犹豫了片刻，然后把豹惠的手枪递给了她。他重新下山去雪地摩托车那里。前一天，当他从城里回来时，厨师搬空了他所拉的雪橇上的商品，但忘记了装在侧面的袋子中的东西。加里返回时，带着两条在野外生存时可用的毯子、比尔让他买的蛋白质谷物棒和一个装有水果和软面包的食品袋。

这个地方并不舒服，但是地面干燥，而且可以挡风。他们在斜坡之上，面朝着通往森林的大片雪地。劳拉心想，根据加里所说的消息，如果直升机明天可以起飞的话，现有的物资足够他们撑到那个时候，但她还是很担心要在这里过夜，因为她知道，狼群会在周围徘徊。

“今晚找点儿木头来生个火，可能会很有用。在黑暗中，我们将很容易受到攻击。”她对加里说。

“您说得有道理，我下去找找。您看看是否能找到可以用来点火的干燥的小树枝。”

但为时已晚。狼群已经排成纵队出了森林，很快就到了雪地摩托车所在的位置。加里和劳拉看到其中一只狼嗅着空气，将鼻子对准他们所在的方向。它可能没有看到他们，但已经辨认了出来，因为狼群再度执拗地奔跑起来，直奔悬崖。

它们很快聚集到斜坡下方。其中几只狼聚在一起，似乎在商议着什么；其他的狼则平静地等待着，卧在雪地上或互相撕咬着玩耍。其中一只的体型更小些，有黑色的皮毛和大大的耳朵，看上去更像狗。但是，狗在狼群里做什么？实际上，它的出现并不比那只灰熊更加突兀。灰熊在离狼群稍远一些的地方坐着，依然处于失去同伴这一打击带来的悲痛中，并且内心开始有所动摇：如果狼群继续采取这么危险的行动，它不确定是否会继续帮它们。

三只狼从狼群中走了出来，向斜坡发起攻击，并逐渐越来越快。它们排好队，以减少被枪打中的可能。它们向上跳了几下，就已经到了距离两人避难之处只有一半高度的地方，但它们没有充分计算好如何追近，未能同时到达。最前面的狼遥遥领先，当它与加里面对面时，实际上是在孤军奋战。加里开了枪，并重新装弹。狼一下子被制服，翻了个身跌落进雪地里。加里等着下一只狼。

狼群觉醒之后，对要承担的风险更加敏感。若是在从前，它们会一个接一个地扑向猎物，完全不考虑可能遭到的枪击或者其他可能使它们死亡的风险。在穿越整个大陆的漫长行进过程中，它们有了足够的时间来思考自己的新生活，不想再鲁莽地玩命了。考虑到斜坡上面那个人构成的危险，另外两只狼停了下来，然后，为了不让他离开自己的视线，倒退着下了斜坡。死了一只狼，但还有另外一百多只狼在斜坡下窥伺着。

“它们会等到深夜，到时候对它们来说会容易得多。”劳拉说道。

第三章　三　月

豹惠逃向南边。她沿着一条相当畅通的远足小径前行。根据画在树上的彩色标记的指示，她选择了正确的方向。她曾想过返回拜尔斯顿，但如果狼群派了几只狼留在那里蹲守，她将毫无招架之力。于是她决定去福克斯克罗夫特，到那里帮其他员工求援。而且她必须尽快联系上杰弗森。她提到的新世界即将诞生，必须抓紧时间……

她沉浸在自己的思绪里，所以当她看到横卧在路中央的那只动物时，已经稍微有点儿迟了。她紧急刹车，在距离躺在雪地里的美洲狮只有两米的地方停了下来。美洲狮缓缓起身，默默地看着她。它向前迈了三步，豹惠注意到它稍微有些跛脚。她曾多次目睹一只美洲狮的捕食过程，她所看到的可能正是眼前这只。

她暗自想着雪地摩托车的某个袋子里是否有枪，但她怕引发这只猫科动物的攻击，所以不敢动弹。护林员之前跟她讲过意外遇到美洲狮时的做法，不过她记不清了。她只记得如果不想被当成猎物，就不应该逃跑。但还有什么呢？她决定向它表现出自己并不害怕，于是尽可能地以最深沉的声音说道：“甩了狼，来了狮子。你也是，你也在寻找食物……”

美洲狮发出了一种既像猫叫又像驴叫的声音。

“这是回应还是威胁？你觉醒了吗？还是说，你不过是一只不适应这些变化的可怜的美洲狮而已？你被河狸耍了……这可真不怎么聪明，但是你当然能找到借口。如果你能听懂我在说什么，给我一个暗示，我们可以谈谈你的未来。不然的话，就快走开！”她用手示意它离开，“走开！”

美洲狮又疲倦又沮丧，甚至要被击垮了。它不再喜欢这个世界了。如今每次捕食时，猎物都要反击。对于那些在致命一击来临之际，试图通过交流和辩解、试图通过寻求威胁者的怜悯来延缓不可避免的死亡的猎物，它也感到很厌恶。无论如何，它一直都听不懂它们对它说的话。

它也完全听不懂眼前这个女人所说的话，但是它厌倦了哭诉，所有这一切都让它失去了安宁，削弱了狩猎和久久潜伏带来的乐趣。

它走到雪地摩托车旁，站起来把爪子搭在了上面。它将鼻子凑近女人的脸，闻了闻她的气味。她显得异常镇定，就好像她可以和它平起平坐，而且她完全不害怕它。美洲狮抬起掌，在女人的左脸上划上三道平行的划痕，似乎在表明，虽然它放了她一条生路，她也是属于它的猎物。这个令它沮丧的下午还有些时间，它一边心里想着还能做些什么，一边走远了。

由洛汗和几百只黑熊组成的“部队”终于和格劳恩带着的熊、母狗、三个人、鹦鹉和（仍然被驮着的）猫组成的古怪的先锋队会合了。大家一起到了森林的边缘，猛地停了下来。

眼前，是一群乌泱泱的、躁动且混乱的狼。它们之间相距太远，洛汗无法准确计算出它们的数量，但据它估计有一百多只狼，甚至更多一点儿。无论如何，这都远远少于它的“熊军”里熊的数量。尽管在数量上占有优势，它还是决定稍事休息，让它有时间把最后的指令下达给副手。它让熊排成多列，并分出两组，派它们从两侧绕过敌方“军队”。

克莱芒从包里取出双筒望远镜，观察狼群：“许多狼都正望向那座山……斜坡的半山腰躺着一只狼，似乎已经死了。再高一点儿，在悬崖脚下那里……是劳拉！她不是一个人……我还看到杰弗森的一个手下，最年轻的那个。”

当加里和劳拉看到熊像黑色的油一样从树丛里冒出来时，惊得目瞪口呆。两人借助步枪瞄准镜看到了加布里埃尔、阿莉雅、克莱芒以及熊的“后卫部队”的到来，但不知道他们为什么会在场。劳拉思考他们是否与熊联系过。加里则以为他们被抓了，并且出于某种原因，被熊当成了俘虏。

小疙瘩让阿莉雅把能翻译人和熊的语言的那个翻译器和它自己的那个一并挂到它的脖子上，并将声音调到最大。年轻女孩什么也没有问便照做了。调试好翻译器之后，小疙瘩绕过众多的熊，跑向狼和熊两方中间的广阔雪域。它跑到正中间停了下来，站好，开始对它们讲话：

“各位来自森林的居民和来自草地的居民，在开始一场会让你们当中不少成员伤亡的激烈战斗之前，请先听我说几句。既然你们现在已经觉醒了，既然你们现在对自身有了意识，既然你们现在会思考，而且知道自己在思考，那么生命在你们眼中应该会显得更加宝贵……”

小疙瘩说的话被翻译成人类的语言，然后被翻译成熊的语言，这样虽然减慢了它发表讲话的速度，却使它的语气更加庄重。

“你们很清楚，今天一旦开战，将永远无法结束。明天，这场战斗的失败者将重新杀回来，并要求拿回它们认为属于自己的东西。它们不会独自返回，而是与盟友一起，然后会轮到它们成为胜利者，直到在下一场战斗中再被打败。如果你们以这种方式开启觉醒后的崭新的生活，那么生活将永远这样持续下去。你们今天要做的事，将成为你们日后行动的开端。如果你们的社会以憎恶为基础，那么那个社会将非常可怖。”

夜帝看到它的朋友从熊群中走出来，使自己暴露于两大食肉动物大军的尖牙利爪之下，感到极为震惊，因为即使是最小的熊或者最小的狼，也能将它的朋友一口吞下。小疙瘩的讲话使它有些措手不及，但基本算是有道理。

虽然夜帝一直未能融入狼群，但它仍然想帮助它们避免一场无望的厮杀。尽管狼群里有灰熊，不过还是无法击败熊群，只会使达成有利于双方的协议的希望完全破灭。夜帝向小疙瘩跑去，站在它旁边。

看到夜帝跑来，小疙瘩并不惊讶。它在森林里闻到了它的气味，并且明白了它以某种方式和狼群有着联系。在夜帝的支持下，小疙瘩继续说：“你们有能力以别的方式解决问题。既然你们现在能讲话了，那就花些时间进行讨论；既然你们现在能思考了，那就一起思考；既然现在你们已经是讲道理的生物了，那就试着达成协议。与其互相厮杀，不如团结起来，因为真正的危险不在这里！”

糖糖和蒙田面面相觑。它们原本已经准备去和它们的朋友小疙瘩会合，但夜帝突然的举动让它们停了下来。它们起初以为那是一只很小的狼，但很快就辨认出来，那是之前它们在公园散步时偶尔看到的、与小疙瘩在一起的那只狗。

小疙瘩沉默了。它知道现在该说些什么，但是无法下定决心当着朋友们的面那样讲。或许它还没有完全准备好，或者还没有完全接受那个想法，所以它更希望由夜帝把话说出来。它知道由它的朋友夜帝说这些话应该不会很困难。小疙瘩转向夜帝，低声说：“由你来说吧……它们必须听听。”夜帝接替小疙瘩继续讲话：“实际上，狼不会对熊构成威胁，而且狼的消失对熊而言也没有任何好处。你们真正的敌人、唯一的敌人，是人类！不过，不是全体人类，”它想到在场的这几个被迫牵扯进这场动物之间的战争的人，让了步，“你们的敌人，是那些想让你们，或者说我们，回到觉醒之前那种蒙昧状态的人，是那些无法接受‘要和活在世上的一切生物共享这个世界’这一观点的人。你们今天要为了什么而争斗呢？为了森林和其中的资源吗？如果你们从人类手中夺回你们的领地，那么大家的领地都将更为辽阔，资源都将更丰富。”

夜帝不再说话。雪地中传出几声低语，然后声音逐渐变大。慢慢地，狼群开始互相交流，另一边的熊群也开始互相讨论。

关于事件的后续发展，几个年轻人及他们的朋友有些意见不一。阿莉雅、蒙田和克莱芒不确定自己真的赞同两只狗的所有发言。他们确实同意试着用谈判来阻止这场一触即发的战斗，但并不希望动物们仅仅因为有人类这一共同敌人而团结起来。但是，没有谁来过问他们的意见，他们也不敢插嘴——特别是夜帝刚刚讲完那些话。加布里埃尔和糖糖则持保留意见……他们对接下来会发生什么感到不安，因为他们并不是真的相信有缔结协议的可能性。

劳拉和加里一直待在狭小的洞穴里。他们目睹了这一切，但没怎么搞明白。看到这些动物似乎正在交涉，他们面面相觑。虽然他们明白了小疙瘩正在两大阵营之间进行调停，但是它的话只能断断续续地传到两人耳中。他们经过一番讨论，决定还是保持谨慎，待在原地为妙。

就在这时，灰鹦鹉从两军上空飞过，来到他们这里。

“是蒙田……”劳拉说道。

加里如今已经做好了面对眼前这一切的准备，并没有刻意表现出自己的惊讶。灰鹦鹉落在他们面前，跟他们解释了现在的情况。它似乎持谨慎乐观的态度。

小疙瘩跑去和朋友们会合。夜帝没有犹豫多久，便跟了过去。它和狼的这一路远行让它明白了两个事实：一、它是城市居民；二、它是一只狗。它并不是很喜欢森林。尽管狗有缺点，但比起狼，它还是更喜欢狗。它已经认识了身边的一些狼，并很欣赏它们。它敬重追客和智者，但是它也明白自己永远不会被狼群接纳。况且追客从第一天起就很明确地表示，它与它们之间，充其量不过是一种充满戒备心的亲切友善的关系。它与那些狼没有任何未来。

而且，还有小疙瘩……虽然有时候夜帝会被狼群中的某些母狼吸引，但是它们的眼中只有处于统治地位的那些狼。它们根本不会感觉到身为狗的夜帝的存在！无论如何，小疙瘩对它的吸引力要比这些转瞬即逝的吸引力更为强烈。它不再迟疑，立刻跑向它的朋友小疙瘩及其身边的那些人。

和平谈判就此展开。一方是格劳恩、洛汗以及第一圈的关键成员，另一方则是追客、智者和元老院的其他成员。

狼群的数量远少于熊群，它们并非执意要打这一仗。追客不得不阻止其他狼扑向小疙瘩。当熊的“军队”抵达时，追客便知道无法通过战斗获得想要的东西。它希望能在这个地区待下去，但也不是非要在这里。如果有必要，它可以去更远的地方。由于狼群天性爱自由流浪，它虽然想利用这片广阔的土地，但对夺取其中哪一部分并不在乎。相反，为了提高狼群的实力，它想要劳拉，那个女人。

熊这边，它们明白无论是通过武力还是其他方式，都一定要把狼赶走。洛汗很欣赏小疙瘩发表的那一番讲话，何况它曾评估过国民警卫队的实力，知道小疙瘩在有一点上说得非常有道理，即人类完全不愿对动物做出任何让步。在这场即将到来的战争中，它需要劳拉的帮助。

双方的首领聚在草地中间，狼和熊同意就狩猎范围这一问题达成协议。追客要求给它一点儿时间，让它去通知狼群此次战斗已推迟。正要走远时，它突然转过身来补充了一句话，就好像是想起了一件不重要，但更希望能立刻解决的事："我们唯一想要的，是山上那个女人，而且我向你们保证，我们不会吞掉她。"

这时，洛汗意识到这场谈判要变得更为复杂了。它先将自己的计划搁置在一边，回答道："这没可能，我们已经和那三个年轻人达成了协议，他们会帮我们保卫自己。"

追客不明白就这几个瘦弱的人要怎么帮助所有的熊。它辩称，熊原先缔结了怎样的协议跟它没关系，并且，与大家所期望的和平相比，它的这点要求是极其微不足道的。它们这边谈判时，格劳恩来到人类身旁，跟他们讲了狼的诉求，并补充说它不知道真正的原因。

"它们想杀了她，就跟你们之前那样。"克莱芒说。

"它们说不会吞掉她，但你们说的也有道理，哪怕不吃也能杀掉。"格劳恩若有所思地回答。

夜帝讲述了它对狼群计划的了解，它们想成为比其他动物觉醒程度更高的“超狼”的愿望，但对它自己最初有着几乎同样的想法这件事只字未提。加布里埃尔和克莱芒对它的这番话将信将疑，但是阿莉雅坚持主张应该告诉劳拉，她或许有办法破除谈判的僵局。蒙田再一次飞到劳拉身边，跟她解释了现在的情况。劳拉沉思着，点了点头：“我来跟它们谈谈。告诉它们，如果能保证我的安全，我就下去。”

“您确定吗？”加里觉得事态的发展已经完全失控了。

“不管是以什么样的方式，必须解决这个问题。”她尽量不去想象解决问题的方式可能会是什么，她现在只是要试着让它们相信，自己丝毫不会改变它们现在的状态。

蒙田给劳拉拿来两台翻译器。劳拉开始讲话，她非常激动，因为她知道这件事牵扯到很多方，不但包括她和她的朋友，还有这些狼、熊以及其他动物，对于它们而言，这个世界已经变得更加错综复杂和无法预测：“和你们当中某些成员所想象的完全相反，我不能让你们更聪明。病毒只是改变了你们，让你们能够意识到自己以及周遭的环境。

“你们的智慧不是一个可以去填满的盒子，而是一种让你们推开新世界大门的力量。你们现在有能力分析正在发生的事情、想象自己的未来并开始行动，以便为其奠定基础。觉醒让你们各自以不同的方式拥有了这一切。

“在这个既属于你们又属于人类的新世界里，如果你们必须为找到自己的位置而去斗争，如果你们无法避免会拥有敌人，那么非常重要的一点便是，你们将要选择谁是朋友、谁是敌人。你们当然会继续保持觉醒状态，我可以向你们保证这一点，没有人能够从你们以及你们的后代那里将其剥夺。”

劳拉不再说话。片刻的沉默后，动物们开始交头接耳。它们当中的大多数不是很理解她说了什么，故交由它们的首领来决定。少数动物则因此而开始深思自己所经历的转变，尽管它们并没有完全理解她所说的每个字。两军在它们的队伍中让出一条通道，使这个年轻的女性能够和她的同伴们团聚。

激动万分的劳拉将加布里埃尔紧紧搂入怀中。接着她拥抱了克莱芒和阿莉雅，两人又把她介绍给格劳恩。

“说得很好，”蒙田说，“虽然有些地方让我觉得有点儿不切实际。我不知道鹿要如何和狼团结起来，但这也许值得去深思。”

劳拉赞扬了小疙瘩的勇敢，并向夜帝表示感谢——尽管她心里在暗自琢磨着它是谁，因为她从未见过这只狗。她挠了挠蒙田的脑袋，然后把糖糖抱进怀里：“我的猫咪，冒着大雪、无视大熊来救我了！糖糖，我真是太高兴了。”

猫被劳拉的话哄得很开心，并被她灿烂的笑容感染了，便没有在意她所使用的那个不妥当的"我的"。

与此同时，狼和熊终于达成了协议。狼群有权在每年春天穿过熊的领地，并且可以在那个时候随意捕食。作为交换，狼不得杀熊——无论是小熊还是生病的熊，而且不能去争夺属于熊的猎物的尸体。但追客对此并不是十分满意。

"我们失去了两个同伴，一只狼和一只灰熊。我们不能当作什么事都没有发生，就这样离开。我们要求补偿。待在悬崖下的那个男人归我们。"

"是你们自己发起的袭击。"格劳恩回答。

洛汗来帮腔："这里不容易捕到猎物。我敢肯定你们一定饿了。沿着那条河跑上四五个小时，你们就能到达人类的村庄和农场，在那些地方，母牛要多少有多少。冬天时那个地方归你们。这或许能让你们忽略掉那个男人。"

狼群离开的时候，加里把枪斜挂在肩上，从避难处下来找劳拉。加布里埃尔冷冷地说："现在您可以回沃夫公司，把这一切告诉您的老板了。您也跟他说一声，他失败了。"

劳拉打断他的话："别这样，加布里埃尔。加里今天救了我的命，至少救了我两次，而且他选择了我们这边的阵营。我希望你们能够接受他……我指的是你们所有人。"她看着一脸怀疑的弟弟强调。

加布里埃尔一边嘀咕着，一边寻求阿莉雅和克莱芒的支持，但是两人都朝劳拉点头表示同意。“好吧，在我们回到城里之前，我会接受他的。”最终他不情愿地挤出这么一句话。

他们就地支起帐篷过夜。大家围坐在篝火边讨论接下来去哪里。克莱芒想回到福克斯克罗夫特，去落实熊和动物保护运动的联络工作。加里劝他打消这个念头：“不要回那里。杰弗森的女助理豹惠应该到了那个城市。我确定他们在等着你们。”

劳拉注意到他不再说“杰弗森先生”了。加里还没有意识到，他其实已经决定从沃夫公司辞职了。

经过讨论，他们决定往东走。沿着他们之前途经的一些道路前行，迟早会到达某座城市。参考他们在泥泞的森林里缓慢的前进速度，到最近的城市需要步行五六天。

“但是之后呢，”阿莉雅问道，“我们该怎么办？杰弗森会找我们。他已经展现出了他的执念。他有充足的财力，会竭尽所能找回劳拉。”

“我对此倒不是那么确定，”劳拉回答，“按照豹惠在企图杀我之前所说的意思，我对他们没有太大价值了。他们似乎放弃了最初的想法。”

“或许他们有了别的想法。既然我们在这里也没什么事可做了，我提议，我们回法国去。”加布里埃尔说。

大家一致同意，但是要如何回去？航线一直是关闭的，至少在某些机场是这样，而且无论如何他们的钱都不够用了，不管是要坐飞机还是乘货轮。

“还是得先离开森林。等到城里，我们再说……”前路渺茫，大家无法兴奋起来，但是也别无他法。

不一会儿，格劳恩和洛汗就过来找他们了。熊联盟的成员各自到附近觅食。它们不可能一直聚集在一起，因为它们得吃东西。为此，更可取的做法便是让它们自己想办法，要么单独行动，要么三五成群。洛汗让大家两天后于驯鹿酒店集合。它们还是必须向人类表明自己的决心。正是为了不必腹背受敌，它才把狼群打发走了。它跟他们告辞，感谢克莱芒帮它们和自由动物与自然组织对接。

洛汗离开之后，蒙田问格劳恩：“你们把狼群打发去了村庄，但你们应该很清楚，如果它们吃了那些牛，会使人类团结起来对抗它们。狼比你们更难与人类抗衡。”

“这是它们狼要解决的问题，不是我们要解决的。它们早已习惯了从牲畜棚里掠夺食物。”

“但是还有一只灰熊跟着它们。”蒙田补充说。

“这是你们人类的看法，”格劳恩说道，它把鹦鹉也划为了这一类，这让蒙田还挺开心，“对我们黑熊来说，灰熊跟狼一样陌生。它们如果有机会，也会毫不犹豫地杀掉我们。”

“很抱歉又回到了这个话题，但是狼群将会对你们更加愤怒并抛弃你们之间的协议吧？”鹦鹉继续问。

“有可能。我们到时候就知道了。这不是你们的事了，而是黑熊的事。我们会犯错误，不过，是我们自己的错误。而且我希望，在母熊祖先的帮助下……我们犯的错误能比你们少……”它抬起头补充道。

“母熊祖先？”小疙瘩问，它想借机转移眼下这个有些紧张激烈的话题。

“是的，我们的母熊先辈的精神在我们要作出很艰难的决定时，会指引我们。”

“那公熊们有公熊祖先吗？”夜帝问，它的语调带有几分嘲弄，不过只有小疙瘩能感觉到。

“当然没有，我们全体以母熊祖先的精神为指引。也许狼或者浣熊有别的精神指引，不过它们与我们无关。而且，黑狗，在每个物种里，雌性都更为重要，因为是雌性带来了新生，不是吗？雌性善于思考，并作出明智的决策。狗不是这样的吗？那人类呢？”它转过头去问阿莉雅。

“或多或少是这样的。”母狗小疙瘩说道。

“未必。”年轻女孩阿莉雅说。

夜帝对格劳恩的回答并不满意："这个母熊之神，或者说这个母熊精神指引是你们想象出来的。你们在觉醒之前，从来没有这么想过。"

"有可能，但我们赋予了它生命。这才是最重要的。"

对话持续到了上半夜。和格劳恩一起留下来的几只熊待在冷杉下方无雪的坑中。人类这边，他们和他们的动物伙伴缩在帐篷里，互相依偎着，或者裹着暖和的户外生存睡袋。第二天早上，当他们醒来时，山脚下只剩下了他们几个。唯有泥泞的雪地和上面众多的脚印证明了"两军"的经过。

接下来的几日，是对他们体能的极大考验。气温已升至零摄氏度以上，使得他们的歇脚处稍稍暖和了一点儿，但是积雪融化，坑坑洼洼的小路上满是泥泞，步行变得十分艰难。加里和劳拉没有足以应对这种远行的装备，阿莉雅的肩膀依然很疼。但是，大家都因意外实现了此行的初衷而欢欣鼓舞。

他们花了几天的时间来回顾过去几个月发生的事，互相说着自己的经历。他们鱼贯而行，这让他们交流起来不是很方便。到了晚上，他们还要先完成一系列准备工作，才能围坐在篝火旁。他们得去找来木头、点上火、将雪融化，而且还要找落在树叶下的橡果，保留其中不太苦的作为食物，夜帝教了他们怎么辨认。橡果需要煮很长时间才差不多能吃。关于夜帝自己的长途跋涉，它几乎完全没讲，只稍稍解释了它是如何说服狼群来找劳拉的。

小疙瘩只好坦白自己知道夜帝上了货轮，而且从某种角度来说，它对此也负有责任。它解释说，当初为了不让夜帝被发现并被赶下船，它保守了这个秘密，之后，就越来越难开口把实情讲出来了。克莱芒若有所思地看着小疙瘩，问道："所以你这段时间才不怎么说话？"

小疙瘩感到局促不安，没有去反驳前主人的话。克莱芒觉得它没有把事情和盘托出。在他看来，它闪烁其词是一件很新鲜的事。

当脱水食品和米饭都被吃完时，加里也试图出一份力。他打猎得到一只兔子和一只小型的白尾鹿。这种猎物让两只狗大饱口福。之前和人类一起吃"橡果大餐"时，它们并不是很有胃口。大家津津有味地品尝了烤肉，只有阿莉雅谢绝了邀请，不过加里把蛋白质谷物棒给了她。

经过这段时间的相处，加里愈发欣赏这些年轻人，他们展现出了团结与勇气，而且随着现在他们离城市越来越近，他们的乐观精神和幽默感也回来了。他丝毫不愿在向劳拉展现出真正的自己之前，就眼睁睁地看着她离开，因此，他决定把这段时间以来一直在他脑海里打转的一种可能性告诉大家。

在最后一晚，当他们再有不到五个小时就能走到城里时，他终于开口了：“我有个想法，或许能帮到你们。沃夫公司有一艘叫雪球号的帆船，冬天时它正好停泊在我们快要抵达的那个港口。公司持续多年赞助帆船赛，是仅限 12 米的帆船参与的横渡大西洋比赛。雪球号是专门为沃夫公司的管理层准备的，不仅速度快，而且还舒适、安全！现在这个时节，完全可以驾驶这艘帆船横穿大西洋。”

“听起来似乎不错，”克莱芒说，他不知道朋友们的反应，所以有点儿犹豫，“但是我们几个都无法保证航行安全。”

“也许加里可以。”加布里埃尔说道，虽然他已经不再把加里视为杰弗森的手下，但仍未把他当成可以信任的盟友。

“我以舵手的身份参加过两次横渡大西洋的帆船比赛，”加里说，“是的，我可以把你们带回法国。给你们带来的麻烦的人中也有我，这样我可以稍微弥补一些。”

加里的提议被大家一致接受——至少被小分队中的人类一致接受。

“那我呢？”糖糖不快地说，“您不问问我的意见吗？”

第三章　三　月

小分队终于抵达了那座小型的港口城市。根据之前加里的描述，这里是一个即使在夏日也比较凉爽的海滨浴场，波士顿的富人会来这里度假。进城之前，他们在一条小溪边稍微清洗了一下，不过没收到明显效果。

尽管疲惫不堪、饥肠辘辘、风尘仆仆的他们模样有些奇怪，但还是差不多能被当作远足者——在港口经常能看到这样长途跋涉、穿过森林的人。只有糖糖稍微让人有些吃惊，因为很少有猫跟着主人远行。蒙田则低调地跟着海鸥从一个个屋顶上飞掠而过。

宽宽的道路两旁是淡彩色的房子。他们一路走下去，来到了港口。港口的一侧是一排褐色的木制仓库，上面装饰着五彩的渔网浮漂。另一侧是一些设施完善、专为游船而设计的浮桥。港口虽然面积不大，但确实经常得到东海岸上流社会人士的光顾，因为这里停泊着许多帆船以及大型的机动游艇。

雪球号就停泊在加里所指的地方，他去港务长办公室拿钥匙。沃夫公司的人没有接到消息要禁止加里驾船，游艇码头的负责人对他笑脸相迎。实际上，自从三年前举办了一次航海赛事以来，这艘帆船再也没有被使用过。

经过全新的改造和布置，这艘原本用于参赛的单体船已经摇身一变，成了豪华帆船。甲板被升高了一点儿，使起居舱室和船舱更高了。如今它专门用于沿海航行，至少对此用途而言，双舵轮的设计使驾船更加容易。几个年轻人看到位于船头和船尾的铺位有着厚厚的床垫，感到尤为兴奋。

“趁着现在好好享受吧！气象条件不好，天气状况估计很快就会恶化。”看到劳拉疑惑地挑了挑眉，加里解释道，“北风有利于船只前行，但很冷。”

已经因物资匮乏而吃了苦头的他们，这次在准备补给时非常认真。加里出了一大笔钱，他想借此机会再次证明他对小分队的支持。这次越洋航行原则上应该不会超过三个星期，但谨慎起见，他们准备了足以支撑六个星期的物资。克莱芒收到了自由动物与自然组织的朋友发来的一些新消息：国民警卫队突袭了驯鹿酒店，熊不知从哪里提前得到了情报，趁那个时候到城里破坏了机场的所有飞机和两家狩猎用品商店……

等待终于不像之前那样令人焦灼，阿莉雅和克莱芒也利用这段时间了解了他们各自家人的近况，并告诉家人，他们快要回去了。

虎鲸的觉醒

我在游泳。我们是来自黑岩石那边的族群，我发现还有来自有许多鳕鱼的小岛的族群。我听到我们在朝同一个方向游去，朝着难闻的大河的北方。我们的母亲告诉过我们，我们将在那里找到我们所有其他族群。

*

我能听到远处有海豹，但我没空停下来去吃它们。我必须尽快到达大集合的地方。我还听到了陆地上的人的船发出的声响，有几只小船和一只大船。我对陆地上的人很感兴趣，我想知道他们在干什么以及为什么要做那些事情。

他们在水中如此脆弱，在陆地上却又那般强大。我看到过他们上船。当他们不在船里时，船不会动。我听到船像从陆地上被撕扯下的树木一样死寂。它们单独待着时，什么也做不了。陆地上的人是船的主人，他们如果在场，就可以让船拥有生命。我还看到有人类乘着像大型死鸟一样的飞机飞翔。当它们碰到水时，我能听到它们发出的声音。飞机像船一样是死的。然而，当人类在里面时，它们便复活了。

*

我感到很奇怪，我们是水中的霸主，但我们却总是需要空气。其他生物则无此需求，比如鲨鱼、鲑鱼……陆地上的人，那些陆地上的霸主，他们需要水吗？这就是他们要乘船四处游动的原因吗？

也许，这次集会将会给我所有这些问题的答案。

*

陆地上并非只有他们。当我沿着海岸游泳时，有时会见到黑熊、白熊、狼和许多其他生物。那些动物没有船或者死鸟一样的飞机。我还看到远方有高高的陆地。陆地和海洋一样辽阔吗？

这是一个有趣的问题，但是我该如何寻找答案呢？

*

在我们的族群中，几乎每个个体都像我一样发生了转变。其他族群也是如此。这次集会对我们的未来至关重要。

*

我于三天前觉醒了。

第三章　三　月

两只狗在岸边漫步，享受着冰冷的空气。现在，空气中终于没有任何令它们不安的气味了。加里推迟了起航时间，以避开在数百海里之外的公海上肆虐的暴风雨，不过岸上的天气还算很不错。

海湾的水非常平静，只有一些小小的涟漪轻抚着岸边的沙子。突然，从水中冒出一个黑色的脑袋，很快又出现了另外两个。它们如果有耳朵，很可能会被人误以为是一些在水下游了很久才浮出水面的狗。但是小疙瘩和夜帝不会弄错，有鱼的气味意味着有海洋动物在场，而且根据它们在曾经常去的动物园里闻到过的气味判断，这几只动物应该是海豹。

第一只海豹发出一阵短促的叫声。

“它说要小心。”夜帝说。

“你现在连海豹的话都能听懂吗？”小疙瘩问。

“和狼、熊以及浣熊一起待了那么久，我差不多掌握了它们语言的规律。”

海豹继续叫着。节奏虽稍有不同，但它的语言确实与狗的语言相似。小疙瘩竖起耳朵认真听着，也开始掌握其中的关键意思。

“小心什么？”夜帝抬高了音量，向海豹打听。

“小心‘杀手海豚’！”

小疙瘩疑惑不解地歪着脑袋：“我没听懂。”

“那些黑白色的‘大海豚’。”海豹明确回答。

“我知道它说的是什么，”小疙瘩说，“我在电视上见过。是虎鲸。它们很大，而且吃海豹。”

“为什么要提醒我们？”夜帝问。

“你们像是陆地上的海豹。它们可能会攻击你们。”

狗和海豹正讨论着，又有其他海豹加了进来，它们的脑袋突然浮出水面，又立刻迅速钻入水中消失了。

“那你们呢，你们大家在这里做什么？”小疙瘩问。

“有一支‘杀手海豚’的大军刚刚沿着海岸线经过，去往大河的河口。它们杀掉了我们当中的几个成员。虽然它们一向如此，但是这次它们的数量太多了，我们更愿意在海湾这里避一避。有些海滩很安全，它们上不来。”

“你们觉得它们会袭击船只吗？”小疙瘩有点儿担心地问，“我们马上就要出海了。”

“它们可能不会袭击大船，但如果是一艘小帆船，你们最好还是尽量避开它们！”

第四章　四　月

《自由动物》在线杂志摘录

沃夫公司（世界食品与饲料组织）的总裁保罗·杰弗森在被问及其畜牧场目前采取的做法时，明确表示公司遵守现行管理条例。记者向他提出一个觉醒主义者都十分关心的问题，即他是否“关押”着已觉醒的动物。杰弗森先生回答，沃夫公司管理的“是畜牧场而不是监狱”。随后，他的女助理宣布新闻发布会到此结束。

一大清早，他们在冰冷的北风中出发了。在公海上，风从帆船的侧面吹来。风从格陵兰岛的冰川一路南下，途经巴芬湾的浮冰。帆船以将近十五节的速度航行。

雪球号上的船员们只花了两三天的时间，就学会了基础的航海知识——其实也就是几种可能被舵手要求做的手势。加里决定按照恒定的航向航行。这样几乎不需要有什么操作，只需根据风力大小来调整船帆即可。刚开始时，为避开被洋流带向南方的浮冰碎块，他们需要格外留意大海。

最初的几日对大家来说都很艰难。之前搭乘货轮的经历并不足以让他们很好地应对此次出海。他们这次更贴近水面。尽管天气不像冬季越洋时那么糟糕，但是海浪更加汹涌，而且风力非常强。

不过，天气很晴朗，床铺很舒服，而且加里当舵手似乎很可靠。在他的命令下，年轻人们同意遵守船上的生活准则，采取必要的预防措施，以及安排轮流值班。他们很快就决定信任加里。只有加布里埃尔保持着警惕，更何况他的姐姐和加里之间日益亲密的关系让他很是不快。

“人又不是非得喜欢上看守自己的狱卒……斯德哥尔摩综合征并不是不可避免的。”他喃喃自语着，唇边露出一丝微笑。

阿莉雅从扭伤中恢复了过来，但由于手枪的小插曲，她对加布里埃尔仍有点儿不满。克莱芒则发现，紧贴着海浪观察海洋，比在货轮甲板两侧的过道那样的高处观察更有趣。刚开始那几天，他看到了不少行为反常的鸟类：一只北鲣鸟落在甲板上，饶有兴致地听他们聊天；几只海燕比翼而飞，好像在交谈；还有那只已经离岸过远的海鸥，以很快的速度超过了他们，向欧洲方向飞去。

至于那些动物船员，它们虽然在拉紧帆脚索和转动舵轮方面不太能帮上忙，但是它们好好扮演着瞭望手的角色，良好的夜视能力让它们能够胜任这一工作。它们也在人值班的时候提醒他们不要睡着——特别是在黎明之前的两点到五点值夜班的时候。

海豚的觉醒

我是推图。

*

我现在知道了，我发出的哨音是我的名字，提基回应了我。它也知道了自己是谁，并发出哨音，把自己的名字说了出来。

*

我发出咔嗒的声音，并通过回声判断出鱼的形状。它游走了，但游得不够快。我甩了甩尾巴，吞下了它。我听见提基也发出了咔嗒的声音，并用哨音告诉我它与其他海豚会合了。

*

以前我们也对彼此歌唱，我们的歌声互相传达着信号，表达我们的心情，也显露出我们的意图。以前，我用哨音说出我的名字，但是并未经过思考。现在，我唱歌、我发出哨音、发出咔嗒的声音，是为了说我要做什么、我在想什么、我对要做的事有何思考以及我想怎么做。

当我听到其他海豚，比如同族群中的海豚的声音时，我发现有些海豚依然像从前一样歌唱、发出哨音、发出咔嗒的声音，而另一些像我现在这样歌唱、发出哨音、发出咔嗒的声音。越来越多的海豚能像我们这样唱出自己的想法。

*

我也发现了边歌唱边发出哨音边旅行的乐趣。以前，我们发出咔嗒的声音是为了识别我们的猎物，发出哨音是为了确认我们当中没有哪只海豚走丢。现在，我们还唱着我们的想法。

第四章　四　月

*

我于三天前觉醒了。我叫推图。

克莱芒在阿莉雅的协助下掌舵。现在是早上七点，太阳刚刚露出海平线。舵手克莱芒觉得自己有些昏昏欲睡。他动了动身体，松开船舵片刻，友好地轻轻拍了拍阿莉雅。她窝在驾驶舱的一个角落里，明显已经睡着了。然后他才意识到，他随着翻涌的海浪摇晃着，没能好好观察海况。船正停在一大群海豚之中，如此出人意料的密集程度让他不禁想起了在货轮上观察到的虎鲸。

突然，帆船被猛地撞了一下，从艏柱到驾驶舱都摇晃起来。阿莉雅被惊醒。克莱芒让她掌舵，自己抓着扶手俯身向船舷看去。在左舷的前方不远处，有一只海豚一动不动地漂浮着，很可能是它撞上了船。

其他船员也都醒了。他们在安静的起居舱室里，听着海豚发出的充斥了整个空间的咔嗒声和哨音。加里开始接手处理现在的情况，进入了驾驶舱："顶风停船，我们必须检查船体状态。”

克莱芒转动船舵。帆船转向北边，与围着帆船的海豚面对面，随后，海豚绕过帆船朝东南方向游去。加里问大家：“谁想下水去看看？我可以去，但我觉得我最好留在船上驾船，以防万一……”

他在船尾平台放了一个金属材质的短梯，让潜水员可以再登上船。加布里埃尔自告奋勇。他穿上一套潜水服，戴好手套、脚蹼、面罩和呼吸管。他的腰间系了一根软绳。万一他偏离了方向，船上的同伴可以用绳子把他拉回来。阿莉雅负责细心地查看绳子有没有缠在一起。

水相当清澈，而且比他原先以为的要暖和，加布里埃尔告诉自己，这是因为受到了墨西哥湾暖流的影响。他看到一大群具有纺锤形体态的海豚正以疯狂的速度从他身边游过。那些似乎正奔向帆船的海豚在距船还有几米的地方改变了前进的方向。

突然，有只海豚稍稍转向，停在加布里埃尔面前。它的大尾巴扫过水面，使它保持着几乎直立的状态。它发出了一连串咔嗒咔嗒、吱吱叫和呜呜叫的声音。它的喙保持闭合，但气泡随着它发声的节奏从呼吸孔逸出。它的鳍或者说鳍状肢的动作让加布里埃尔着迷，这只鲸目动物似乎在利用它们与他进行交流而不是为了保持平衡。尽管海豚对他说的话明显很连贯，但他一点儿也听不懂。

他掌心朝下、手指伸平，做了一个对他来说意味着“等一下”的手势，并希望海豚也能这样解读。他从水下钻出来，拿掉呼吸管咬嘴，让正在船上俯身看向他的阿莉雅给他一个翻译器。阿莉雅把一个翻译器放到防水的袋子里，递给加布里埃尔，但同时也对它的有效性表示怀疑。

这时候，海豚为了呼吸也浮出了水面。它的背上有一道痕迹，正好在鳍状肢的前面，像是一道伤疤。是鲨鱼造成的吗，还是螺旋桨或者渔网？加布里埃尔的心中闪过这样的疑问，他把翻译器打开，示意海豚说话。

海豚继续讲话。翻译器沉默了片刻，然后传出一系列连续的音节，但是听不出任何意思。

阿莉雅向加布里埃尔喊道：“它的语言跟狗和熊的相差太多了。我们没时间调试翻译器了，现在翻译器派不上用场。快回船上来！”

海豚继续沿着帆船的侧面游来游去。它们可能有上千只，甚至是上万只。加布里埃尔做手势来回比画，试图向海豚解释他听不懂。那只动物的喙张张合合。它虽看似在微笑，但是气势汹汹。它用喙触碰船体，然后点点头，似乎在示意加布里埃尔要朝着与其他海豚同样的方向前进。海豚看了他最后一眼，然后重新加入了同伴的队伍。

加布里埃尔游向船尾，从平台登上了船："龙骨前面有裂缝，看起来不算太糟糕。在到达下一个港口之前，或许只用泵就行。不过，海豚坚持让我们改变方向，好像我们必须躲开什么……"

"暴风雨吗？"阿莉雅问。

"天气预报说没有什么异常。"加里说。

"是虎鲸……"小疙瘩提示道，"我们出发时，有一群虎鲸已经朝北方游去。它们可能改变了主意，要原路返回……"

克莱芒拿出双筒望远镜，望向海豚来时方向的海平线："我看到一条黑压压的线，不是很清晰。有可能是虎鲸。我看不出来它们是不是在朝我们游来，但是如果是的话，我们最好别待在这里……蒙田，你可以去确认一下那里发生了什么吗？"

灰鹦鹉飞了过去，几分钟后飞了回来："确实是虎鲸，而且如果我没算错的话，用不了十分钟，它们就能追上我们。"

"不能再待在这里了！"劳拉大喊。

"海豚就没有对我们做什么，至少没有刻意做什么……"加布里埃尔说。

"虎鲸比海豚凶猛得多，一条成年雄性虎鲸几乎和船一样长，差不多有十吨重。它们只要愿意，就可以轻而易举地让我们沉船。而且我们现在并不知道它们的意图。”克莱芒回答。

“克莱芒，你知道虎鲸的泳速吗？”加里问。

“时速可达五十公里，甚至更高。它们现在是巡航速度，时速大约是十三公里，”他补充道，“但是它们能再加速……”

加里思索片刻：“我们改变方向，跟着海豚走。我们基本上是顺风的。这样我们能比虎鲸快，把它们甩到后面。”

“那我们会到哪里去？”阿莉雅问。

“到亚速尔群岛。无论如何，那是一个好地方。”加里将大三角帆挂在前帆的位置。他掌舵，缓缓转向，让风将帆吹满。他帆撑开后，船向前方驶去。“现在是七级风，如果风力不减，我们应该能轻松地与虎鲸拉开距离……”

虎鲸觉醒后，很快便意识到自己身上发生了什么，并迅速有效地组织起来。它们早已能够发出一系列抑扬顿挫的声音来彰显自己、呼唤大家集合、准备捕食或者表露情绪。在最早那批虎鲸觉醒之后的几个月里，原先的语言雏形得到了极大的发展和完善。

与此同时，它们也对自己认识的动物进行了分类。有猎物：鲑鱼、海豹、海豚、鸟、其他鲸鱼……还有其他住在海里，但是让它们提不起兴趣的动物，以及它们把头伸出水面时，看到的待在海岸上的陆生动物；最后，还有人类，陆地上有很多人，而且他们会乘着船在海面上跑来跑去。

自觉醒以来，它们没有对形而上学产生兴趣，也没有变得更加浪漫，或者对同类及社交关系有更深的理解。但是它们的分析能力大幅提高。它们现在能够理解自己的过去、预判行动带来的后果并设想未来可能发生何种与它们有关的事件。它们变得极为精明、会算计，而且对其他物种——特别是被它们视为猎物的物种完全没有同情心。

消息从一个族群传播到另一个族群，由于要求它们立即大规模响应，所以，已长久分离的过客鲸和居留鲸这两种生态型的虎鲸也必须全部聚集起来。这次虎鲸全球性集会的位置定在遥远的北方，那个区域有足以满足所有虎鲸需求的海豹和鱼。

极少离开自己活动范围的居留鲸千里迢迢赶来。生活在太平洋的虎鲸取道白令海峡——从几年前开始，那里在冬季时就不再完全被浮冰覆盖，必须浮出水面呼吸的虎鲸因此可以自由通过。至于以海豹和鼠海豚为食的过客鲸，它们同意与主食为鱼类的居留鲸见面。

即使它们的生活习性始终未改，即使这两种生态型的虎鲸完全不可能互生好感，更不可能深交，它们还是交换了所有已获得的信息。

它们想起了许多往事，包括自己的亲身经历以及族群的过去。它们意识到，猎杀它们的渔民也是让海洋中属于它们的鲑鱼越来越少的那些人。它们把在海底钻井、挖出恶臭黑油的人造设备和常常在船体后方蔓延、污染海洋的大片油污联系了起来。它们也把让自己头痛欲裂，乃至听不到要去的方向的声音和偶尔会遇到的一大群巨型船舶联系了起来。它们还记起了那些被人类从虎鲸妈妈身边活生生夺走的小虎鲸，不知它们被人类带到了哪里、正在哪里生活。

它们把所有这些奇怪的事情一件件摆在一起，意识到了那些它们几乎在哪里都能遇到的难题的根源。在人类少的地方，它们会生活得很平静。在人类多的地方，它们甚至会有生命危险。人类要对此负责，是时候减少他们带来的危害了。虎鲸决定夺取对它们的世界——整个海洋的控制权。

它们的首要目标应该定为大型渔船以及漏油的那些船。但是它们的数量不够，不足以实施这一计划。吃鱼的居留鲸提议向抹香鲸求援。过客鲸知道未必能得到抹香鲸的帮助，因为抹香鲸为了吞掉小鲸，曾经攻击过大型鲸目动物。不过，既然攻击渔船这种事情并不常发生，它们可以把这些事故赖到没有觉醒的那些虎鲸身上。抹香鲸可以展现出超强的实力，而且更重要的是，它们感兴趣的猎物与虎鲸不同。它们酷爱的大鱿鱼生活在虎鲸无法到达的海洋深处，而且，无论如何，这种猎物对于虎鲸来说过于危险。虎鲸和抹香鲸可以轻轻松松地共享海洋。

巨型鲸鱼原本也能帮上忙，但是虎鲸无法跟它们沟通。往往虎鲸刚一靠近，它们就被吓坏了。面对体型庞大的“杀手海豚”，有这种表现倒也完全可以理解。此外，它们好像活在一个自认为没有虎鲸存在的半虚构的世界里。

所以，虎鲸的首要任务是和抹香鲸达成协议。当居留鲸和过客鲸分别之后，又有上千只过客鲸聚起来去找抹香鲸。抹香鲸知道有一个非常适宜的暂留地，是海洋中的一群岛屿，它们几天之内就能到达那里。

雪球号船首巨大的白帆被风吹得鼓起来，终于称得上是名副其实的“雪球”。帆船以二十节的速度驶向亚速尔群岛，追上了海豚，然后超过了它们。有几只海豚加快速度去和艏柱嬉戏，不过并没有碰到艏柱，随后，它们恢复了巡航速度。

蒙田时不时地飞到帆船上空，试图确认虎鲸到船的距离。它的视觉灵敏度当然无法和海鸟媲美，而且它不敢离船太远，以免船从视线中消失。它在海洋上空感到不是很舒服。从高处看，起伏的海浪让它隐约有种恶心的感觉，就像它在船的甲板上时偶尔会感受到的那样。而最让它感到困扰的，是它无法在必要时找到落脚休息的地方。

他们在深夜时被虎鲸追上。两点时，加布里埃尔和阿莉雅来跟劳拉和蒙田换班。年轻女孩儿阿莉雅喜欢在夜里掌舵。起居舱室里只有监视器屏幕亮着，而在驾驶舱中，也只有罗盘散发出微弱的光。这天夜里，月朗星稀，月亮几乎是满月，船后跟着一长串会发光的浮游生物。潮水翻涌，帆船顺从地依着舵手的操控，轻柔地、缓慢地摇晃着。当天下午，风向变了，同时风力也减弱了。加里只好把大三角帆换成前帆，雪球号大幅减速。

两个年轻人聊了一会儿，讨论着回法国之后要干什么。阿莉雅想要重拾学业，加布里埃尔则尚未决定好自己的计划。他们有一搭没一搭地闲聊着，逐渐各自沉浸在自己一连串轻飘飘、难以捕捉的思绪里。阿莉雅流畅地转着舵，每次遇到波浪，为了保持航向不变，就朝一个方向转一下舵，再朝另一个方向转一下。加布里埃尔惬意地享受着这样的晃动。

尽管潮水平静且有规律，但一阵轻微的呼吸声出现了，并逐渐演变成喧哗的沙沙声，把他从遐想中拉了出来。这时，海面上出现了雄性虎鲸高耸的、如刀片一般的背鳍和雌性虎鲸更短一些的鳍。它们的背部在月光下闪闪发光，一望无际。游在最前面的一批虎鲸从帆船的两侧绕过，超过了帆船。它们没有碰到船体，甚至没有贴近。没有任何一只虎鲸减速。

阿莉雅和加布里埃尔先是感到惊慌，然后慢慢冷静下来，因为他们发现虎鲸虽然已然觉醒（虽然他们没有任何证据），却无视了他们。尽管如此，加布里埃尔还是下去提醒了其他成员，万一出现问题，他们也能准备好去应对。几天前围绕着他们的海豚群很杂乱无章且躁动不安，然而眼前的虎鲸群却极其冷静且有组织性。它们似乎十分坚决，对帆船视若无睹。当最后几只虎鲸的鳍超过了船时，恰好天将破晓。

第二天，他们终于望见了皮库山，克莱芒详细补充说，这是一座在目前看来是“熄灭”的火山。既然虎鲸带来的危险于他们而言更像是虚惊一场，他们本可以按原计划的航线前进，但是他们离群岛已经非常近了，加里希望能在那里稍事休息。

他想确认船体被海豚撞击之后的状态。泵很好地发挥着作用，但是持续的噪声很扰人，他想把裂缝修补好。

他们决定在法亚尔岛停下，许多航海者都曾在这里中途停靠。当他们通过法亚尔岛和皮库岛之间的海峡时，又一次遇到了海豚，他们猜测应该是之前警告他们的那一批。在奥尔塔港口，他们把船停靠在一座浮桥边，旁边是长长的海堤，上面布满了之前的船员留下的油漆。

他们当中有几个人在收集脏衣服，准备送到城市里去洗，剩下的人在清洗甲板。就在这时，一只背上有一道长长的伤疤的海豚接近了他们。

“就是那天停下来的那只海豚！”阿莉雅喊道。

这只鲸目动物在水中站了起来，发表了长长的讲话，然后像往常一样发出哨音，并咔嗒、啾啾、吱呀、咯咯地叫。无法从中分辨出结构、节奏，或者任何能借以理解其含义的东西——总之，什么也没听懂的蒙田是这样为自己辩解的。海豚说完话，看着一脸迷茫的听众，又摇了摇头，仿佛因为人类没有反应而伤透了心。然后，它又游出港口离开了。

第二天，阿莉雅去城里的食品杂货店买了些水果。在收银台旁边的货架上，她发现了海豚语言翻译器，那是一位多年来潜心研究该群岛鲸目动物的生活习性的生物学家发明的。当最早的那些海豚觉醒时，他充分利用了手头的数千份录音，成功做出这个翻译器。它具有专业性、针对性，比那些几乎随处可见的翻译器更有效。现在它有三个版本，海豚语 - 葡萄牙语、海豚语 - 法语、海豚语 - 英语。这些设备是本地制造的，供游客使用，不过一年当中这个季节的游客还非常少，更多的是供和海豚达成协议的渔民使用。当有大群金枪鱼来时，海豚会通知渔民，作为交换，渔民不再使用对鲸目动物造成强烈不适的声呐。

当那只海豚又回来找他们时，阿莉雅把翻译器调试好，放在了甲板上。从翻译器中传出的声音可以得知，那只动物在进行自我介绍，它叫推图，它发出的哨音就是它的名字。它解释了——或者更确切地说，重新解释了几天前发生的事。数千只已经觉醒的海豚曾聚集在一起，探讨这辈子要做些什么。它们原本决定到有很多鱼的水域，克莱芒随后推断那里可能是纽芬兰大浅滩。但是它们在那里被一大群虎鲸猎捕。于是它们逃往温度更高的水域。

“我们确实试着跟虎鲸沟通过，然而没有用。”海豚解释道，“它们杀了我们派去的信使，只留下了其中一只带消息回来：‘我们永远不和食物谈判。’”

糖糖忍不住轻笑了一下，然后立刻道歉：“不好意思，我太紧张了。这些关于海洋里的怪物的事情让我不太舒服。”

克莱芒想了解更多情况：“你为什么停下来提醒我们有危险？你们海豚也是人类的受害者，渔民会用巨大的渔网捕捞你们，大船会干扰你们的声呐系统。”

“这我清楚得很，但是你们并不是全都这样。而且关键是，有一种力量、有一种刺激，促使我们去保护别的生物。我们不喜欢看到像我们这样需要呼吸的生物溺死。我们也不喜欢会吞掉生物的鲨鱼。”

“所以你忍不住停下来警告我们，对不对？”

“我本可以选择不这么做，但是这并不容易。这是一种条件反射，我不假思索就这么做了。你们也是，你们也会跳入水中救其他人。我亲眼见过！”

“总之，非常感谢。其实，最终虎鲸追上了我们，但是放过了我们。”

“真的吗？真奇怪，我去多了解些情况，之后再来告诉你们。”

大王鱿的觉醒

世界

我和世界

一分为二的世界

一明一暗的两面

我思考世界　新鲜

我思考自己　新鲜

暗面小亮光　食物

亮面小黑点　食物

到处都有食物

我思考食物　新鲜

亮面大阴影

怪物

有牙齿的阴暗怪物

危险

我思考怪物　新鲜

我想起过去　新鲜

我想起怪物吃触手

我的触手

危险　危险　危险

新鲜

我要杀怪物　吃怪物

我去亮面　找怪物　杀怪物　吃怪物

觉醒于三个亮面之前

船干了，加里在劳拉的协助下补好了裂缝。这是一次临时的修补，因为没有人愿意花时间把所有东西都拆卸下来，让船体恢复到最初的样貌。两天后，雪球号沿着码头返回原处。天气很好，还稍微有些热。大家悠闲自在地沿着小径漫步。道路两旁开满了绣球花。在岛上的火山景观中，黑色火山岩构成的陡峭山脊因茂密的植物而显得柔和。

克莱芒借此机会采集植物。小疙瘩和夜帝一起散步，加里和劳拉并肩前行。阿莉雅终于被加布里埃尔的体贴哄好了。糖糖让蒙田帮它拿来了调试好的海豚语翻译器，以便和推图聊天。在猫看来，海底世界神秘莫测，其中有一部分原因是，那里生活着它难以想象的巨型危险生物，但更重要的原因是，它觉得在三个维度上移动应该是一种非常奇妙的体验——尽管它不太清楚要如何亲自试一试。不过，它找海豚聊天，并不是为了解开这些有关深海的谜团。

一段时间以来，它意识到用自己的爪子来做一些精细动作时会很笨拙，比如写字的时候。它比以往更加用心地观察它的人类同伴，然后得出结论，它的每只手都没有大拇指以及可以转动的手腕。它想知道没有手臂的海豚是如何应付的——除非海豚的鳍能发挥同样的作用。推图似乎对糖糖提出的问题感到费解。它没觉得自己有任何缺陷。相反，它很想把猫和其他动物的关系与它自己和鲸鱼或者海豹的关系进行比较。糖糖不太喜欢自我审视，便婉言拒绝了海豚的提议。

大家都不急着再次出海。有一天晚上，他们一起到一个小火山口野餐，那里的斜坡上长满了在小岛上随处可见的植物。大家吃了沙丁鱼和烤甜椒，这是一顿合大部分人类成员和动物成员的胃口的晚饭。之后，大家试着盘点前几个月发生的事。

他们意识到，自己陷入了一场一发不可收拾的冲突之中。他们被一个又一个问题牵着鼻子走，完全不知道接下来还会冒出什么全新的、总是更加严重的困难。先是狗和猫，然后是鸡和猪，再之后是狼和熊，而且还有大象和虎鲸。

“以及浣熊……”夜帝若有所思地说。

他们感到世界正在发生翻天覆地的变化，但是他们无法看清楚目前的冲突中涉及的所有因素。这些因素让动物和人类对立，或者让许多物种之间起了冲突，而且人类之间也有冲突——不过这已经是老生常谈了。

克莱芒很担心：“我怕动物们无法联合起来。猎食性动物互相竞争，而被它们视为猎物的那些物种当然不会和它们达成协议。它们没有任何和睦相处的理由……”

这已经不是猫、狗争论它们与前主人的关系的问题了，甚至也不是被关在围栏里、已习惯周围有人类的家养动物的问题了。现在牵扯到了决绝而危险的野生动物，它们不仅和人类有利益冲突，而且它们彼此之间也存在利益分歧。如果动物与人类、动物与动物之间无法找到新的平衡，森林、草原、沼泽地和海洋就可能会变成难以接近的区域，因可怕的战争而血流成河。不但人类将很长时间无法踏足这些地方，大部分动物也很难生活下去。

阿莉雅扭头看向灰鹦鹉：“蒙田，你呢，你怎么想？”

“我倾向于把任何一只动物当成我的同胞。但我现在意识到，我不能很好地理解在远离城市和人类的地方生活的动物。我甚至无法完全理解活动范围离人类很近的乌鸦。对于宠物或者家养动物来说，人类的存在感太强了，以至我们觉醒之后，和人类之间的界限似乎变得模糊了。”

“而你，你是自由的。”加里说。

“谢谢，我在觉醒后变得文明开化了。但我不太了解我的同类。即使是其他已经觉醒的鹦鹉，于我而言，也很陌生。你们才是我的同类。”它一边下结论，一边张开翅膀，好似要拥抱包括猫、狗和人在内的大家。

第二天，推图给他们带来了新消息。虎鲸当时之所以没有攻击他们的船，是因为它们急着要和抹香鲸取得联系。海豚只知道它们谈妥的协议的大致内容。它的情报来自一只圆头鲸，而那只圆头鲸又是从一只没有直接参与谈判的抹香鲸那里得来的消息。不过，推图认为可以对这件事进行总结了。它用鲸目动物的语言滔滔不绝地说着长长的句子，很是享受。

首先，虎鲸已说服抹香鲸帮助它们夺取对海洋的控制权。一群抹香鲸将自愿陪它们进行首轮行动。当然，作为回报，虎鲸承诺永远不再骚扰抹香鲸，抹香鲸可以在所有海洋中自由通行。抹香鲸也在许多水域具有绝对的权威，包括这个群岛以及周围游上三天能到达的区域。抹香鲸允许海豚在这里随心所欲地来来往往，保护它们免受虎鲸的威胁（虎鲸只能在其他地方捕食海豚）。至于大蓝鲸，无论如何它们都太过放肆和不理性，不能让它们卷入这些事件当中。抹香鲸非常尊重它们，并在整个海洋中，获得了它们完完全全的庇护。

对于海豚而言，该协议并不算糟糕，只是它仅仅涉及亚速尔群岛周围的水域，而这里可能无法为所有海豚提供足够的鱼。但是其他海域的同类为了自卫应该也能找到盟友。

讨论结束之后，几乎所有的虎鲸都前往北方，并且有十来只抹香鲸跟着它们。虎鲸说服抹香鲸从中型船只入手，也就是那些拖着渔网在深海中捕捞金枪鱼的大渔船。

“它们会对渔船做什么？”劳拉问道，她大惊失色。

“我不太清楚。它们估计会用渔网缠住螺旋桨，让船只沉没。如果能成功，之后它们可能会去尝试让货轮和客轮沉没。”

“它们会杀死很多人的！”

“这很有可能。但我们对此也无能为力。如果我们与虎鲸正面对抗，会有许多海豚没命的。”

“我明白，”阿莉雅说，“但我们必须采取行动。我们必须警告在这里和其他地方的船员。”

第五章　五　月

新闻通讯社　五月十二日电讯

巴尔的摩市热带风暴佩皮塔引发灾难性洪水，海豚海洋公园的十二头虎鲸和一些海豚借机逃脱。该鲸目动物主题公园的负责人立即呼吁出海的游客寻找这些动物，他强调，这些动物“应该会非常害怕，它们无法在海洋中生存”。他明确表示这些动物尚未觉醒。然而据目击者称，他们看到虎鲸“故意”破坏公园设施，放跑无法打开泳池大门的海豚。同样，两艘在入港口时翻沉的拖网渔船上的船员表示，公园里的虎鲸已和其他在公海等待的虎鲸会合。他们指责那些虎鲸协力摧毁了他们的船只。

鲸鱼的觉醒

世界是双重的，有海洋世界和天空世界。我生活在两个世界的交界之处，水和云层在这里相交、相聚、相融，它们还在这里翻腾并融合成长长的、耀眼的一层。我在海洋世界里游泳、生活。我沉浸在这里，也潜入深海，那里如同流动的黑夜……

我只到天空世界待一会儿，呼吸一下，便重新潜入海洋世界——养活我、照顾我的海洋世界……

*

我并不孤单，我有我的同伴，巨大的鲸鱼，我的远古家族的鲸鱼，还有不属于我的族群的其他鲸鱼，咔嗒作响的巨大的抹香鲸，放声高歌的友好的海豚以及海豹，有时还有杀手，那些袭击我们、杀死我们并吃掉我们的生物。我认识海洋世界中的所有生物，我早已见过它们，而且能在黑夜中意识到它们的存在……

*

我对天空世界不太了解，当我吸气时它会充满我，当我呼气时我会充满它，由于我只在那里待一会儿，所以我只是在想象，但是当我想到住在那里的人时，我很喜欢这样的想法……

我听到了他们的声音，我甚至看到他们乘船从海洋世界的上方经过，他们也潜入海洋世界，但只有很短的时间，并且他们在天空世界中演化。他们是无法想象、不可思议的，而且他们也会唱歌……人类是怎么做到的呢？他们如何生活？

我不知道为什么会这样，但是现在我在想这件事，这很新鲜……我改变了，或者被改变了，我不清楚……以前的我半睡半醒，思维缓慢且模糊，而现在我的思维变得流畅、清晰。我用哨音向人类唱出长长的旋律，就像我以前向他们唱歌时那样……

*

几个夜晚之前，我觉醒了。

雪球号已准备就绪，船员们决定尽快离开。他们不知道到法国之后将如何行动，但在法亚尔岛，他们只能望洋兴叹，何况大家都不会说葡萄牙语——尽管蒙田在飞速进步。

为了绕开继续在该海域巡逻的抹香鲸和虎鲸，他们征求了推图的意见。

“抹香鲸会让你们通过，”海豚通过翻译器说道，“要避开的是虎鲸，你们应该只用船帆，不要用引擎。我们离很远就能听到引擎声，它们对此会更加敏感。但是，如果我的朋友们围着你们形成巨大一团，并且不断游动，那么虎鲸基本上就听不见你们了。”海豚想了想，补充说：“我不知道你们要如何阻止它们击翻船只，但是我们会帮你们回家。我们不喜欢虎鲸。这个理由或许已经足够了。”

第二天，帆船悄悄离开港口，只用主帆借助风力航行。推图带领着十五只海豚围绕着帆船，护送他们离开。当他们驶出海峡时，被一群在海洋表面游动的抹香鲸拦住了去路。

有一只靠过来，呼了口气。只能看到它脑袋的前部和它的背。它的皮上有大盘子那么大的圆形痕迹，很明显是伤疤，其中有些还在渗血。

“是大王鱿的吸盘留下的痕迹。”克莱芒说，“人类见过的最长的鱿鱼长达十米，但根据这些伤疤的大小可以推测，应该有更大的。幸运的是，它们生活在超过一千米的深海中。抹香鲸会在那里捕食它们。”

抹香鲸发出一种缓慢且低沉的咯咯声，然后进一步放缓，最后以响亮的咔嗒声结束。推图回答了它，然后那只巨大的抹香鲸又呼了口气，便慢慢沉入海洋深处。

“它祝你们一路顺风。”海豚说。

算上它的触手，大王鱿全长十五米左右。常年待在幽暗深海中的它一点儿一点儿游上来，不紧不慢地让它巨大的眼睛适应白天的亮光。晚上，它靠近海水的表面。那里有许多小鱿鱼和鱼类，它可以轻松地抓住它们，因为它的触手又长又灵活，而且触手上的吸盘还有角质倒钩。

黎明的第一缕阳光出现时，它就回到黑暗的海底深渊，但是每一天它都晚回去一会儿。尽管它一直无法忍受阳光直射，但漫反射光已不再像最初几日那样让它眩晕。它不知道这个新的世界是由什么构成的，不过渐渐地，它喜欢上了这个世界。它只知道这是怪物的领地。它还没看到怪物，也没闻到任何它可以辨别出来的气味。

某天早晨，正当它要重新沉入深海回到自己的地盘时，它感觉到自己的上方掠过一大片阴影。强烈的光芒从高于海面几米的地方散发出来，铺满了整个大海。备感不适的它无法分辨出黑影的所有细节，但其形状、大小与吞掉了它的一只触手的怪物相符。大王鱿以为终于找到了自己的仇敌，恼羞成怒的它准备发起攻击。然而，那是雪球号。

它从下方靠近帆船。它张牙舞爪地扭动着砖红色的身体，触手好似一道道射出的光线。它短暂地变亮，然后才恢复原本的颜色——这是情绪强烈波动的迹象。它的触手前端如同巨蛇一样扭曲、摆动着。

大王鱿先伸出最长的两条触手去触摸船体——它在抓住猎物将其送入口中之前，都会猛地把这两条触手甩向猎物，将它们击昏。但是这次，它的触手没有传来意料之中的触感。怪物的皮又硬又凉。这种异常的触感让它更加火冒三丈，就好像它被奸诈的巨型猎食者耍了一样。它的一只触手的末端往上方滑去，触感使它更为困惑。这时，它碰到了一个光滑、平坦的东西。怪物似乎立刻竖起了尖刺和紧绷的细触须，就好像要开始攻击了。大王鱿又稍微伸长了它的触手，到了它可伸展的范围的极限，它认为这时候应该已经触到了怪物的鳍的根部。它的触手紧紧地扣在怪物的“器官”上，它用力一拽，心想吸盘上的角质倒钩应该能扎进怪物的肉里。

第五章　五　月

六点了。劳拉和糖糖值完了夜班。起居舱室中飘来一阵咖啡的香气，是加布里埃尔准备的咖啡，他和小疙瘩来换班。糖糖终于放松了，它卧在驾驶舱的一个软垫长凳上小睡，头枕在一只爪子上。突然，它被一个又湿又冷的东西轻轻碰到了。它惊得当场跳起来。当它看到那个器官时，惊恐地叫了出来，随后立刻冲进起居舱室："大家醒醒！我们被袭击了！"

当大王鱿拉扯桅杆时，船猛然侧倾。然后，一阵猛烈的撞击让正要去驾驶舱查看情况的加里跌倒了。劳拉被吓坏了，但不想因此松开船舵。她看到触手爬上船舷，然后悄悄向甲板伸去。触手的末端很细，但是根部像大腿一样粗，而且触手上还有跟盘子很像的吸盘。

大王鱿完全不清楚自己用触手钳住的是何种生物。这不是咬掉它一只触手的那只怪物，甚至也不是其近亲。尽管如此显而易见，它的恨意却丝毫未减。觉醒只是让它适应新环境的能力稍有提高，并没有让它的情绪与想法之间的神经联系大大加强——它的想法还很粗糙。它怒火中烧，它的全新的大脑让它有了一种前所未有的固执。

它将吸盘牢牢固定在驾驶舱的内壁上，然后它巨大的身体攀上帆船，把船尾下压到与水面持平。它的身体填满了驾驶舱，甚至还伸出去，到了后面很远的地方。堵着上下甲板扶梯出入口的应该是它的脑袋，因为这个器官有两只巨大的眼睛。

劳拉放开舵，跑到甲板上去和加里会合。怪物的触手像根缆绳一样从他们中间穿过，一直伸到它刚才缠绕上的桅杆。加里拔出一把刀，试图去砍断这根“活缆索”，同时还要避开另一只在他周围胡乱拍打着空气的触手。

船舱里的克莱芒和阿莉雅被一幅噩梦般的景象吓到无法动弹：吸盘杂乱无章地抽动，仿佛每个吸盘都有自己的生命。

加布里埃尔把一个软垫长凳上的杂物扫净，打开了装在里面的箱子。他从中拿出一把斧头。这把斧头本该是在紧急情况下，为了避免折断的桅杆将船拖入海底而割断缆索用的。小疙瘩和夜帝被吓得吠了几声，然后恢复了镇定。这种原始的反应让它们有些尴尬。它们紧贴地面，等待时机去扑咬那只怪物。

耀眼的日光让大王鱿无法看清甲板上的加里和劳拉，但是在这个不知名的怪物的内部，在半明半暗的地方，它看到了可以成为合适的猎物的生物。它想，如果自己无法报仇雪恨，就把它们吞掉。它猛然收缩，再次推动自己向前。现在它的头进入了起居舱室，而身体继续在驾驶舱舞动着，像熊熊燃烧的烈火。

它紧绷的吸盘放松了，触手从它的头边溜过，伸进怪物体内。两只狗都试图咬这些触手，但其根部比它们张开的嘴还大。它们退后一步，试图咬住那些较细的末端，而那些末端同样也在挥舞、扭动着，像响尾蛇一样险恶。

正当加布里埃尔准备砍向大王鱿的喙时，一只触手抽打了他，并猛地缠上他的胸口。大王鱿施加的力量和吸盘边缘的角质倒钩引起的痛苦让他几乎无法呼吸。他从喉咙中挤出一声含糊的咆哮："克莱芒……斧头……"

在此之前，克莱芒为了避开触手，卧倒在地，现在他站了起来，接过加布里埃尔还握在手中的武器。他的第一击使大王鱿的触手突然收缩，引起了加布里埃尔的又一声尖叫，然而他并未切开大王鱿坚硬且有弹性的肉。躲在厨房里的阿莉雅重新站起来，抓起一把滑落到工作台缝隙中的刀。她开始切触手的根部。大王鱿不能自已，摇晃着脑袋，但是它被卡在了上下甲板的扶梯处，无法躲开比斧头更有效的锋利钢刀。

克莱芒再次举起武器。他对准大王鱿两眼之间，应该是大脑所在的位置砍了下去。斧头陷入肉中，但没有造成明显的伤害。下一击很完美。他砍到了大王鱿的眼睛，它的一只巨大的眼被击炸了。大王鱿立刻松开了加布里埃尔。加布里埃尔跌落在地，破碎的 T 恤被鲜血浸透。

大王鱿抖动了几下，从被困之处脱身，滑入大海，顺带着扯下了帆船的两个船舵和横桁。整个袭击过程不到三分钟，但是船已然被摧毁。

劳拉冲进船舱，看到弟弟被阿莉雅和克莱芒抬到一个软垫长凳上躺着，不由得失声尖叫。尽管加布里埃尔受了伤，但他仍能正常呼吸，而且似乎肋骨没有断。清洗之后，他的伤口看起来没有朋友们所担心的那样严重。最明显的伤是他胸口和背上的两个血淋淋的圆圈，这是大王鱿的吸盘造成的。

劳拉让他服用的药使他有些昏昏沉沉，他躺下休息，这时克莱芒跟他说，他很快就能炫耀自己和抹香鲸有着同样的伤疤了。“我还是希望没有。”加布里埃尔回答，但无论如何，能和巨大的鲸目动物进行比较，还是让他颇为自豪，“但是……你觉得它觉醒了吗？”

“我没读到过任何与这种攻击有关的文章，”克莱芒回答，“除了在儒勒·凡尔纳的小说里！它的行为很奇怪。”他对劳拉说：“可是你告诉过我们，只有恒温动物会被病毒感染！但是，鱿鱼是软体动物，应该是冷血动物……”

“这倒不一定，”劳拉说，“金枪鱼等一些大鱼有体温调节系统。它们的体温要比周围水的温度高，这让它们更有力量。

剑鱼还可以为眼睛和大脑供暖，从而在潜入冰冷的深海时使这两个器官能有更好的功能。大王鱿可能也是这样的情况。无论如何，我希望是这样，因为如果觉醒蔓延到昆虫、鱼类等动物……”她停了下来，陷入沉思。

“与其说它觉醒了，不如说它看上去很恼火。”阿莉雅说。

劳拉表示赞同：“是的，它的皮一直在变颜色，从白变红，就像发光的招牌一样。”

“它可能被一只已经觉醒的抹香鲸咬伤过，这大概会让您研发的病毒进入它的体内……”蒙田提出这一猜测。

“我们永远不会知道了，除非我们分析一下阿莉雅砍下的那根触手，只保留一小块就足够了。”克莱芒说。

劳拉开始进行动物学的解释时，加布里埃尔就不再认真听他们讨论了。一个念头在脑海中闪过，他乐得忍不住跟大家说道：“是啊，我们可以冷藏一点儿，至于剩下的……”他假装犹豫了片刻，然后继续说，“今天晚上，我要吃烤鱿鱼……不是，我开玩笑的。”看到阿莉雅面色难看，他马上补充了一句。

袭击船只的大王鱿给阿莉雅留下了心理阴影。她闭上眼睛，就能看到她自己正在切下鱿鱼的触手。对于她这样一个坚定的素食者而言，这是个让她很不安的画面。但是她也很清楚，如果那只动物再去袭击加布里埃尔，她仍会毫不犹豫地切它。

和阿莉雅一样，这场战斗也在克莱芒的脑海中挥之不去，尤其是一个特定的时刻——在他举起斧头砍入大王鱿的瞳孔之前，从它的眼中看到自己的那一刻。

驯鹿酒店的餐厅里死气沉沉。杰弗森和豹惠两人在用餐，他们被十来名保安尽可能谨慎低调地保护着。保安在窗户旁各就各位，盯着外面的湖。装饰在酒店墙上的驼鹿头及其他鹿头的玻璃眼珠注视着他们。杰弗森和豹惠在酒店订了两个房间，他们要在这里过周末。这在他们看来，是一种向动物们宣告它们不能在人类的地盘上无法无天的方式。

这一决定得到了福克斯克罗夫特小镇的猎人、护林员以及国民警卫队的欢迎，夺回酒店的行动让他们都备感艰辛。其实，虽然行动已取得了成功，但对于这个小镇而言也是损失惨重，以至于杰弗森不得不请一家私营保安服务公司来保障他们待在驯鹿酒店期间的安全，因为他们无法召集到足够的志愿者。

而现在，杰弗森自问是否有坚持的必要。他们不会遇到太大的风险，因为熊早已从周围撤离，隐匿到了森林中。当然，这也是它们的战术，它们出其不意发起闪电战，然后分散力量，让反击方在一系列无用的行动中被拖垮。这种熊式游击战的初步成效便是，国民警卫队突袭了一座空荡荡的酒店。

但是，不能忘了还有乌鸦和浣熊，它们从屋顶进入酒店，在走廊里横冲直撞、上蹿下跳，它们偷走钥匙、弄脏浴室、扯破床单，简而言之，让酒店无法居住，而军用武器也派不上任何用场。实际上也不能在该建筑物里开战，不然可能造成巨大的财产损失。州长也在各个电视频道上明确表示："我们在对付害虫，而不是在对付士兵。我们不是在开展军事运动，我们只是在灭虫。"

杰弗森亲自选了厨师，这顿饭还算不错。但是，一想到要上楼去已经被毁的卧室里睡觉，他就略感不快。不过，他有一件高兴事，而且他也想告诉豹惠："我从我们在法国的代理人那里得到了些有意思的信息。似乎我们找到了能帮我们维持未觉醒动物畜牧场的盟友。"

"我怕这会是无用功，"豹惠叹了口气，"能让它们感染上病毒的动物太多了，而且那些动物太小，太难以觉察……"

"正是这些因素让它们能成为有价值的盟友！既然它们可

以轻松传播病毒，也只有它们能够避免我们不希望出现的病毒泛滥。我说的是老鼠和乌鸦，”他看到豹惠一脸疑惑，补充道，“正是要让它们帮助我们。希望您能尽快回法国，达成这个协议。我一如既往地对您非常信任。”

看到豹惠开始对这一提议感兴趣，他补充说：“我不认为您应对劳拉·古皮计划的失败负责。我们，我说的确实是‘我们’，之前没有考虑到这件事会牵扯进来什么。我很清楚您已尽力而为，而且这一切应该也绝非易事。是树枝把您的脸伤成这样的吗？”

加里用应急舵替换了那两个被毁坏的舵轮，虽然更粗糙，但是很有效。由于横桁已无法使用，他放下了主帆，雪球号只能借助前帆向前航行，速度比之前慢了些。船员们匆匆修补了这艘已破烂不堪的帆船，并医治了自己身心的创伤。帆船终于驶入比斯开湾。

当大家都在驾驶舱晒太阳时，只有加里坐在显示出地图的屏幕前，琢磨着要停靠到哪个港口。他无意识地盯着屏幕上在同一水域的其他船只的移动轨迹。然后，高频无线电中传来呼叫："埃泰勒海上监测及救援区域运营中心，埃泰勒海上监测及救援区域运营中心，位于贝尔岛附近公海的雪球号，收到请回复！"

加里叫大家来帮忙："麻烦谁过来回复一下，我的法语一直不太好。"

克莱芒赶了过来，但是他还没来得及发送标准的"收到"，高频无线电中又传出了声音："你们是收到了还是聋了？"

负责海上安全的官方机构使用这样的措辞很不寻常。那个声音令人不快，而且有些机械，就好像管理工作委托给了机器人一样。或者，这是通过翻译器传出的声音？阿莉雅这样想着。究竟是谁在跟他们说话呢？

声音再次响起："请确认船上全员的身份和物种。提醒各位，根据现行管理条例，并非所有生物都有权上岸。"